JN064165

MASASHI FUJITA
THE ORANGE TOWN STORIES

サムシング オレンジ

4

SOMETHING ORANGE
COMPLETE EDITION
再会の 2023

藤田雅史

SOMETHING ORANGE 4

THE ORANGE TOWN STORIES
SOMETHING ORANGE
COMPLETE EDITION 4：再会の2023

勝利の女神

2023.2.18

GODDESS OF VICTORY

The 1st section of the J. League Division 1
Cerezo Osaka 2 - 2 Albirex Niigata

二月半ばの土曜日、アルバイト先の喫茶店に、去年の秋からしばらく顔を見ていなかった常連さんがやって来た。

「いらっしゃいませ」

「あらどうもお久しぶり。まだ寒いわね」

黒のタートルネックに黒のダウンベストを合わせ、グレーヘアをきれいにまとめたその人は、おばさんとおばあさんのちょうど中間くらいの上品なご婦人で、いつも決まってコーヒーとフルーツパフェを注文する。そしてスマホを見ながらきっかり二時間、店に居座る。

画面に集中しているあいだはカップにもスプーンにも手をつけず、視線もほとんど動かさず、あまりにも静かなので、最初はてっきり映画でも見ているのだろうと思っていた。

私は飲食店で長時間粘るタイプのお客さんがあまり好きではない。仕事をしたり勉強をしたり読書をしたり、そんなのは自分の部屋でゆっくりやればいいのにと思う。

だからこれまで、私はその人に対してあまり愛想のいい接客はしてこなかった。注文をとってコーヒーとパフェを運ぶだけ。いらっしゃいませ、かしこまりました、ありがとうございます。それ以外、声もほとんどかけず、無関心を貫いた。

ただ、彼女が何を見ているのか、それだけはちょっと興味があった。映画だろうかドラマだろうか、どんなジャンルのどんな作品が好きなのか。私は海外ドラマが好きだから、話しかけてみたら案外、話が合うかもしれない。

でもあるとき、店のマスターが教えてくれた。彼女がいつも見ているのは映画でもドラマでもなく、サッカーなのだと。

「え、アルビ?」

「うん、あの人、サポーターなんだよ」

「家のテレビで見ればいいのに。そう思いません?」

「まあそう言うな。野球と違って、サッカーは時間通りに終わってくれるだけましだよ」

帰り際、伝票を手に立ち上がるときの表情で試合の勝敗がわかる。アルビレックス新潟がＪ２で優勝した去年、彼女はずっと機嫌がよかった。

その日、これまでと同じようにいちばん奥の窓際の席に座ったそのご婦人は、持参した小ぶりのトートバッグからいつものスマホではなく、見るからに新品のしかも最新型のタブレットを取り出した。

「あ、今年はタブレットなんですね」

メニューを運ぶとき思わず声が出たのは、立つ鳥跡を濁さずではないけれど、もう今月で店を辞めるのだから最後くらいは常連さんに愛想よくしようという私なりのちょっとしたものの弾みだ。

「そうなの。いいでしょう。息子がね、お祝いにくれたのよ」

「へえ、何のお祝いですか？　還暦とかですか？」

口を滑らせてからしまったと思ったが、彼女は私の失言を聞き流し、

「そりゃあなた、Ｊ１昇格に決まってるじゃないの」

と自慢げに頬を膨らませた。

「今日が開幕戦なのよ」

よほど嬉しいのだろう、まだ試合前なのにずいぶん機嫌がいい。

「今年もまた、週末はここにお邪魔するわ。コーヒーとフルーツパフェ、よろしくね。いつも同じだからこれ持ってこなくていいわよ」

彼女はそう言うと、私が差し出したメニューをそのまま押し戻した。

「はい、わかりました。あ、でも私、もうすぐ店辞めるんで、マスターに伝えておきますね」

「え、あなた辞めちゃうの？」

「はい」

「どうして？」

「いやあの、東京引っ越すんで」

私が正直に答えると、あらまあ、と彼女は表情をくもらせ、それから私の顔をじっと見つめて、言った。

「ねえ、そしたらあなた、最後くらい一緒に見ない？」

「え？」

「アルビの開幕戦。いいじゃない。一緒に見ましょうよ」

「え、いや、でも。私、仕事が」

「マスター、いいでしょ。この子、私に二時間貸して。なんならアルバイト代も払うから、ね」

カウンターでコーヒーをドリップをしていたマスターがこくりと頷く。

「よかった。ほら、隣に座って」

え、ちょっと勝手に決めないで。サッカーなんて私、別に見たくない――

そう口を開きかけた私は、でも彼女の楽しそうな顔に、まあ、この人と顔を合わせるのもこれがたぶん最後だし、と思い直し、とりあえず促されるまま隣に腰を下ろすことにした。

「あなたも好きなもの注文して。何でもおごってあげるわ。ケーキセットなんかどう? ここのアップルパイ、美味しいわよねえ」

「らしいですね」

「らしいですねって、あなた店員でしょう」

「まだ食べたことないんで」

「あら、だめ、そんなの。絶品なんだから。マスター、アップルパイひとつセットで追加ね。飲みものはコーヒーでいいかしら。マスター、ホットね！」

マスターがまた視線だけ寄越して静かに頷く。

「白のシャツのほうがアルビよ。今日はアウェイだから。ピンクはセレッソ。大阪のチームね。知ってる？」

「まあ、なんとなく聞いたことはあります」

テーブルに斜めに立てられたタブレットを覗きこむと、ちょうど試合がはじまるところだった。隣の席に聞こえるか聞こえないかくらいの小さな音量で実況の声が耳に入る。

「大阪は大阪でもガンバじゃないほうですよね」

私が話を合わせると、そうよ、よく知ってるじゃない、と彼女は言い、また私の顔をじっと見た。

「そういえばあなた、髪、染めたわね。なかなかいい色ね。明るくて。なんか雰囲気が変わったと思ったら、そう、東京に行くのね」

至近距離で見つめられることに耐えきれず、私は視線を逸らす。窓の外には、この町の冬らしい、使い古しの雑巾みたいな色の雲が広がっている。

新潟市の中心部から車で約一時間。

田んぼと空と、どこにでもある郊外型のチェーン店——回転寿司とかカーショップとかパチンコとか仏具店とか——が町の景色のすべてのようなこの場所で、私は生まれ、そして育った。

二年前からこの喫茶店でアルバイトをはじめ、今年で二十九歳になる。

同級生の友達のほとんどが仕事や出会いを求めて故郷を離れるなか、私がこれまで一度も町を出なかったのは、恋人が公務員でずっとこの町の役所に勤めていたからだ。

彼は高校のバドミントン部のひとつ上の先輩だった。私が一年遅れて高校を卒業し短大に入った年から、かれこれ十年近く付き合い、そのあいだ私は当然の権利として、いずれ彼と結婚するものと思いこんでいた。いつ子どもができてもいいと思っていたし——できたらふたりは欲しい——、そのうちローンを組んでお互いの実家に近いところに家を建てよう、遅くとも三十代の前半には——できたら駐車場は二台分欲しい——と、勝手に将来設計まで細かく考えていた。

町を出なかったのと同じく、生まれ育った実家からも、私はこれまで一度も出たことがない。ただそれについては、お金の問題もあったけれど、いちばんの理由は、介護が必要な祖母が実家にいたからだ。

祖母は足腰が悪く、つえや歩行器なしではおもてを歩けない。近所の買い物に付き合ったり、病院の送り迎えをしたり、共働きの両親が忙しいときにその世話をするのが、家での私の役割だった。

私は幼いときから祖母のことが好きだった。だからそれがちっとも苦ではなかった。むしろ自分からすすんで引き受けた。勉強も運動もそこそこ、見た目は十人並み、これといって何の取り柄もない私を、小さいときからいつも、いい子だいい子だ、可愛い可愛い、と言って褒めてくれたのは祖母だけだった。

そして今、そのふたつの話はどちらも過去形である。

去年の夏、祖母が亡くなった。その後、沈みこんだ気持ちのまま些細なことから秋に恋人と大喧嘩をして、それがこじれにこじれ、ついに十年続いた長い恋愛に終止符を打った。

私は、恋人と一緒にこの町で生きることが自分の人生のほとんどすべてだと長いあいだ本気で信じていた。だから別れた途端、自分がいったいなぜ、何のためにこの町にいるのか、よくわからなくなってしまった。ここにはもう、私を必要としている人なんて誰もいないのだ。

今年の正月、東京で働いている中学時代の友達から、

「だったらあんたもこっちに来てみれば？」

と誘われた。

「人生やり直すなら今だよ。うちらもう、来年三十だし」

そう言われて、私は行くことに決めた。

東京で何かやりたいことがあるわけじゃない。仕事も住むところも未定だ。でも今このタイミングで町を出ないと、一生後悔しそうな気がしたのだ。

いつもとは違う美容院を予約して、思いきって髪色を明るくしたのは先週のことだ。長さも肩まであったものをあごのラインまで短くした。

せっかく東京に出るのだから、過去のことは振り切ろう、気持ちを新しくしようそのつもりだった。ただ、今のところ気分はあまり変わらない。この髪型が自分に似合っているかどうかも、正直よくわからない。

アルビは前半に幸先よく先制したものの、すぐに追いつかれ、後半に入るとセレッソにあっさり逆転を許してしまった。

隣のご婦人はフルーツパフェを半分残したままコーヒーにも口をつけず、試合に夢中になっている。

「なんか、今日はダメっぽいですね」

「まだわからないわ」

「あ、この人、知ってます。日本代表だった人ですよね？」

私が途中出場の香川真司を指さすと、彼女は、そんなの常識でしょう、とでも言いたげな顔で、そうよ、ザックジャパンのときの10番よ、と答えた。

「マンチェスター・ユナイテッドにもいたのよ。その前にいたドルトムントでは優勝も――」

「そんな人が控えにいるチームになんて、勝てるわけないですよね」

「だから、まだわからないわ」

「だって負けそうじゃないですか。やっぱりJ1とJ2って違うんですかね」

「確かにね、今のアルビには代表レベルの選手はいないわ。だけど見て。みんな頑張ってるのよ。ほら、わかるでしょう。みんな自分にできることを一生懸命やって、チームで戦ってるの。だから私、好きなのよ」

彼女は力の入った声でそう言うと、

「あなたが辞めちゃうなんて、困るわ」

私を見つめ、唇をへの字に結んだ。

「勝利の女神だったのに」

「へ、勝利の、女神……？」

「あなた知ってる？　アルビが強くなったのは、あなたがこのお店にアルバイトに来てからよ。それからすっごくいいチームになったの。去年なんてあなたがお店にいたときひとつも負けなかった。私がいつもフルーツパフェを頼むのはね、験担ぎなのよ。あなたが運んでくれるコーヒーとパフェで、よし、今日もきっと勝てるって信じられたのに……」

「……はあ」

「今年もあなたに会えるのを楽しみにしていたの」

彼女の瞳が不安そうに揺れる。それが、晩年やけに涙もろかった祖母のそれと重なって、私はなんだか胸が苦しくなった。

アルビの同点ゴールが決まったのは、そのすぐあとだった。コーナーキックから、ヘディングでの得点だった。

「え、決めたの誰？」

「誰って言われても、私には誰が誰だか」

「あ、千葉ちゃんよ、千葉ちゃん！」

「千葉ちゃんですね！」

千葉ちゃんというのがいったいどの選手なのかわからないけれど、と私は彼女に合わせて喜んだ。

「やった！」

「よかったですね！　さすが千葉ちゃん！」

「頼りになるのよ、千葉ちゃんは」

「千葉ちゃん、すごーい！」

試合が終わってから少しだけ、私たちは互いの身の上話をした。

私の家に介護の必要な祖母がいたように、彼女の家には寝たきりの高齢の母親がいるという。長い時間放っておけないから、本当はビッグスワンに行きたいけれどなかなか行けないこと、近所であればなんとか二時間くらいは家を空けられるので、毎週、気分転換も兼ねてこの店に試合を見に来ること、でもこの生活もきっとあと一年か二年だろうということ、そういったことを、彼女はため息まじりに、でもちょっとほっとしたような表情で淡々と語った。

私は、どうしてアルバイトを辞めるのか、なぜ東京に行くのか、それを言葉にできるまま素直に話した。相手は名前も知らないただのお客さんなのに、仲のいい友達にさえ話していないことを——恋人との喧嘩の理由とか、祖母との大切な思い出まで——みんなその人に打ち明けていた。

ひととおり話し終えると彼女が時計を気にしはじめたので、私はアルバイトの店員に戻ってテーブルの上を片づけ、レジに立った。

「あの、本当にご馳走になっていいんですか?」

「もちろんよ。今日はありがとね。我慢して付き合ってくれて」

「いえ、そんな。あ、アップルパイ、美味しかったです」

「でしょう。おすすめよ。って、これじゃあ店員とお客さんが逆ね。ふふふ」

「あはは」

「でも、さみしいわ」

「……」

「私、あなたのこと応援してるわ。いつもの窓際のあの席で、アルビと一緒に、あなたのことも応援してる」

「……」

勝利の女神――か。

私のことをそんなふうに見てくれる人がこの町にいたなんて。私がいなくなることを、さみしいと言ってくれるなんて。

「あなたもね、あなたにできることを一生懸命やればいいのよ。どこに住んでいたって、どんな仕事をしていたって、誰といたって、そんなのは同じだわ」

「はい」

現金をレジにしまってから、私は彼女を見送るために店のドアを開けた。

「もうすぐ春ね。まだ風は冷たいけど、雪もとけてやっと冬の終わりの気配ね。出会いと別れの季節だわ」

そう言いながら彼女が見上げた灰色の空は、不思議なことに試合前に見た空よりも、少しだけ明るく春っぽくなったような気がする。

「あ、あの……」

「なあに?」

「私、東京に行ったら、東京でアルビの試合、見に行ってみます。今日は勝てなかったけど、ずっと勝利の女神でいられるように、頑張ってみます」

「そう、頼もしいわ。ありがとう」

彼女はにっこり笑って、じゃあお元気でね、と小さく手を振った。

春に会いましょう

2023.3.4

MEET AGAIN IN SPRING

The 3rd section of the J. League Division 1
Albirex Niigata 2 - 2 Hokkaido Consadole Sapporo

大学が春休みに入ってすぐ、新潟に帰省した。

去年もおととしも後期試験のあとは東京でだらだら過ごしていた僕が、今年、アルバイトもサークルも友達の誘いもすべて断って春休み初日の朝の新幹線に飛び乗ったのは、とにもかくにも、実家の母のことが心配だったからである。

定年を迎えたばかりの父親が脳梗塞で倒れ、そのままあっけなく死んでしまったのは去年の暮れのことだ。リフォームしたばかりの広い家にたったひとりで取り残され、母はどれだけ心細いだろう。ときどきかかってくる電話の声は物憂げで愚痴っぽく、弱々しかった。できるだけそばにいてやりたいと思うのは、ひとり息子としては自然なことだ。

大学を卒業するまで、あとちょうど一年。母の様子次第では、今やっている就職活動も一度考え直したほうがいいかもしれない。

やっぱり東京はあきらめて、新潟で仕事を探すべきかもな——

父さん、なんでこんなに早く逝っちゃったんだよ――

新幹線の窓から懐かしい雪景色を眺めてつい感傷的になり、涙ぐみさえしていた僕は、でもその二週間後、実家の玄関で母に悪態をついている。


「ふざけんな、いい加減にしろって」

「いいじゃない、一緒に行くんだから」

「こんなの着ないって何回言ったらわかんの？」

オレンジのシャツを押しつける母と、それを押し戻す僕。そしてまたしつこく押しつけてくる母。

「みんなでユニフォーム着るきまりになってんのよ」

「俺をその、みんな、の中に入れないで」

「今じゃもう買えない本間至恩なのよこれ、背中、ほら」

「知らないし。だいたいなんで俺の分までチケットがあんの」

「いつもの癖でついうっかりお父さんの分も買っちゃったんだもん。もったいないじゃない」

それが本当についうっかりなのかあるいは意図的なのか、実際のところはわからないけれど、母は僕が春休み早々に帰ってくるのを見越して、アルビのホーム開幕戦のチケットを二枚、勝手に用意していたのだ。

「いいじゃない、付き合ってよ。せっかくのJ1なんだから」

「せっかくのとか言うけどさ、J1でもJ2でもやることは結局同じだろ」

「何言ってんのあんた。今のは聞き捨てならないわ。あのね、J1に上がるのがどれだけ大変だと——」

「はいはいはいはいはい、わかったわかった、わーったから」

「もうその雑な返事。お父さんそっくりだから直したほうがいいわよ。女の子から嫌われるわよ。ろくな死に方しないわよ」

「うるせえよ」

「じゃあユニフォームはいいから、せめてこれ、持って行きなさい」

色落ちしたオレンジとブルーのそれは、父の葬式のとき僕が棺に入れてやろうとしたら、もったいないと母が取り上げたものだ。

「だから、こういうのいらないって。サポーターじゃないんだから」

押しつけられたタオルマフラーを丸めて振りかぶると、

「あ、もしもし、私、長谷川ですぅ――」

母はガラケーを耳に当てて普段より一オクターブ高いよそゆきの声でしゃべり出し、もう息子が何を言っても目を合わそうともしない。

「そうなの、私はこれから出るところ。若松さんも行きましょうよ。そうよ、大丈夫よ、お天気もいいし。席はね、関根さんのご主人が取っておいてくれるって。うん、だから隣同士で見られるわ。大丈夫よ、つらくなったら途中で帰ってもいいじゃない。ほら、うち、息子連れてくから。そう、今ね、東京から帰ってきてるの。もしだったら息子に車で送らせるわ。ううん、全然いいのよ。そうよ、行きましょうよ。だってほら、今年はＪ１なのよ――」

電話の相手はアルビ友達らしい。母も、そして死んだ父も、ビッグスワンには同世代の観戦仲間が何人もいるのだ。

母は電話を切るとオレンジのスニーカーをつっかけ、靴箱の上の車のキーをつかんで僕の手に握らせた。運転しろ、ということである。

「今の電話ね、若松さん」

「知らないし。俺、その人会ったことないから」

「もう、あの人ったら行くかどうするかまだ迷ってるって。なんか体調がいまひとつらしいの。でもホーム開幕戦くらいねえ、みんなで一緒に見たいじゃない。私、息子も楽しみにしてますって関根さんにも小川さんにも言ってあるの」

「だから誰だよ、関根とか小川とか若松とか。ヤクルトか」

「何意味わかんないこと言ってんの。いいから行くわよ」

そんなことに付き合うために僕は実家に帰ってきたわけではない——それを口にしかけたとき、母が玄関のドアを勢いよく開けた。

「ほら、いい天気じゃない。最高よ」

春の到来を告げるような、爽やかな青空が目の前に広がっている。

ビッグスワンに足を踏み入れるのは、小学生のとき両親に連れられてアルビの試合を見に来て以来だ。

ものすごく寒い日で、売店で買った豚汁を盛大にズボンにこぼしてやけどをしたのが鮮烈な負の記憶として残っている。その場でズボンを脱がされて恥ずかしい思いをしたり、そのせいでゴールシーンを見逃した両親が試合中ずっと不機嫌だったり、それはとにかくひどい思い出だった。

「おーい、長谷川さんこっちこっちー」

母のあとについてスタンドの通路に出ると、年配の男の掠れた声が頭上から降ってきた。母がきょろきょろ首を動かし、あらー、と大袈裟に手を振る。

見上げると、スチールウールみたいなちりちりの髪の男が笑顔で手招きしている。そのそばでは全員オレンジのユニフォームで揃えた五十代から六十代と思しき男女の集団が、前後の列に並んでにこやかに手を振っている。

「お久しぶりですう。関根さん、すみません、また席取りお願いしちゃって」

「いいのいいの、俺はほら開門と同時に入らないと気が済まないマニアだから。いやほんと、去年の町田戦以来だよねえ。あんときは寒かったねえ」

母はその場にいるひとりひとりに頭を下げてから、

「これ、うちの息子。大学が春休みでこっちに帰ってて」

と僕の顔を指さした。

「背、高いねえ。何センチ？」

「百八十三センチです」

「ほら、あんたちゃんと挨拶しなさい。こちらが関根さんご夫婦、お隣が小川さんご夫婦で、そのお隣が三原さん。あ、若松さんも来れたのね！よかったわ、んもう、さっきの電話で心配しちゃった」

僕は順番にぺこぺこ頭を下げてから、母がいつもお世話になっています、と、その集団のリーダーらしい関根さんにあらためて挨拶をした。

「いやいや、こちらこそ。よろしくね。いやー長谷川さんもこんな立派な息子さんがいてくれて心強いね。えっと、ケントくんだっけ？お母さんのこと大事にしなさいよ」

「あ、はい」

「しかし長谷川さんとこも若松さんとこも、いい息子さん娘さんがいて羨ましいよ。うちなんか送ってくれっつっても車ひとつ出してくれねんだから」

「え、娘さん？」

母が素っ頓狂な声を上げる。

「うちもね、私ひとりだと心配だからって、結局ついてきてもらったの」

母の横で若松さんが言うと、ふくよかな若松さんの陰に隠れていた——てっきり別のグループの観客だと思っていた——僕と同じくらいの年頃の小柄な若い女性が立ち上がって丁寧に頭を下げた。

「母がいつもお世話になっています。今日はよろしくお願いします」

「あらま、娘さんいらしたのね。知らなかった。え、おいくつ？」

「二十歳です」

「ま、じゃあうちの健斗と同じじゃない」

「俺二十一だよ」

「同じようなもんよ。まあ素敵なお嬢さんねえ。美人だわぁ」

いえいえ、と照れながら口元を緩める——ショートボブで、小顔で、オーバーサイズのパーカーを羽織った——彼女は、そこまで美人というほどではないにしろ、確かに、ちょっと可愛かった。

「まあ、とりあえず全員揃ったから、今シーズンもよろしくってことで。今年は思いきり、Ｊ１を楽しみましょうや」

関根さんが音頭をとり、プラカップのビールやペットボトルのお茶を各々手に持って乾杯する。

「よかったらさ、ここにあるもの好きに食べたり飲んだりしちゃって。若い子がふたりも来るっていうから、嬉しくてこんなに買っちゃった。かははは っ」

関根さん夫婦の隣の席には、ポテトフライやら焼きそばやら串焼きやら、いくらなんでもそれは買い過ぎではないかという量のパックが積まれている。

「あったかいうちに食べて。ほらこれも、これも」

関根さんの奥さんから押しつけられた母が、焼きそばのパックを二段重ねで僕の膝の上に置いた。家で昼飯を済ませたばかりなのでお腹なんてちっとも空いていなかったけれど、これは若者らしくがっつかなくてはいけない雰囲気だ。横を見ると、若松さんの娘さんも割り箸の刺さった焼きそばを同じように二パック押しつけられて困っている。

「じゃあ、あの、せっかくなんでいただきます」

「ここはね、紅生姜がいけるんだよ」

「この人、ビッグスワンのスタグルは全部制覇してるから間違いないわよ」

「ところで小川さん、そのストール素敵ねえ」

「やだ、こんなのセール品よ。だけどこのユニフォームに合うと思って」

「合うわあ、ぴったりだわあ。どこ?伊勢丹?」

「やだもう、小新のアピタよお」

「そうだ三原さんさ、俺こないだ、こーんなサワラ釣ってさあ」

「煮付けにしたら、ほら、前にいただいた大吟醸にすっごく合ったのよ」

「今日、あれも持ってくればよかったな」

「だめよ、ここに一升瓶なんて持ち込めるわけないじゃない」

「だな、フーリガンになっちまうな。がはは」

ビールを飲みながら、食べものにがっつきながら、彼ら彼女らのおしゃべりは試合前から全開である。ちょっとした宴会のようだ。その空気感はサッカー観戦というより、むしろひと足早いお花見のようである。

「あ、そうだ写真写真」

関根さんが思い出したように手を叩き、座席の下のリュックからプリント写真を取り出して各家庭に一枚ずつ配った。

「これ、去年の最終戦。優勝セレモニーをバックにみんなで撮ったやつ」

「あらよく写ってるじゃない」

「やだ、私ったら、また変な顔してる」

「私なんか半目よぉ」

横から覗くと、写真のいちばん端に父の姿があった。今日僕が持たされたタオルマフラーを誇らしそうに首から下げ、満面の笑みで写っている。

「ご主人、本当に残念だったね」

関根さんが急にしんみりした声で言い、

「お葬式行かれなくてごめんなさい」奥さんが続けた。

「最終戦のときはあんなに普通に元気にしていらしたのに。急で本当に驚いたわ。でも、あなたが今日来てくれて、私、ほっとした」

母はそれに合わせるように物憂げな表情を作ると、本当に皆さんにはいろいろ気を使っていただいて、と深く頭を垂れ、手元の写真を見つめて言った。

「でもね、私、考えたの。あの人、アルビがＪ１昇格を決めてＪ２で優勝して、今まで応援してきた中でいちばん最高なときに逝ったんじゃないかって。それ、サポーターとしては本望じゃない？ねえ」

みんな、ちょっと困ったような顔で中途半端に頷く。

僕はそれを聞いて、ふざけんなよ、と思った。

本望なわけねーだろ。まだ五十五歳だったんだよ。早過ぎるだろ。ひとの人生とサッカーを同じレベルで語るんじゃねえよ――


サポーターというくらいだから、試合中は賑やかに応援歌を歌ったり声を張り上げたりするのかと思いきや、試合がはじまると彼らのおしゃべりはぴたりと止み、途端に静かになった。真後ろの席の関根さんがときどき痰の絡んだひとりごとをつぶやくだけで、あとはほとんど誰も口を開かない。僕も黙って焼きそばをすすりながら、静かに試合を見た。

アルビは開幕からの二試合をアウェイで戦い、一勝一分けと、母によると「思いがけない最高のスタート」を切って、コンサドーレ札幌が相手のこのホーム開幕戦を迎えていた。「あの広島に勝てたんだから、きっと今日も勝てる」らしい。

でもこの日のアルビは、素人でもわかるくらい序盤から苦戦を強いられ、前半のまだ半分も経たないうちに札幌に先制を許してしまった。

「あっちゃー！」

関根さんが大袈裟に手を叩いて悔しがる。

「あー、これ、最後にディフェンスの足にボールが当たっちまったんだなー。

でもまだ前半らっけね！　取り返せよ！　頼むぞ！」

この人はとにかく声が大きく、そして口臭がきつい。僕は焼きそばを食べ終えたふりをしてあごのマスクをそっと引き上げ、鼻の両脇を指でつまんだ。

「大丈夫大丈夫。まだ大丈夫よ。落ち着いてプレーして」

関根さんの奥さんが言い、

「そうよ大丈夫。時間はたっぷりあるもの」

振り向いた母と目を合わせて頷き合う。

「そうよね、あの広島に勝ったんだもの。逆転できるわよね」

「そうよそうよ、大丈夫よ」

母もそうだが、父もまた、この人たちとこの場所で何年もずっとアルビの応援を続けてきたわけで、それを思うと僕はなんだか不思議な気持ちがした。

親の交友関係というのは、子どもは知っているようで、案外知らないものだ。

普段の会話の中でしょっちゅう名前が出てきても——関根さんの旦那さん、本当におしゃべりなのよねえ——小川さんってお酒が入るとすぐ酔っ払っちゃうのよ——三原さんの息子さん県高に合格したらしいわよ。上の娘さんは文理で吹奏楽やってるんですって——もともと興味がないと言ってしまえばそれまでだが、それがはっきりと本人の顔で頭に浮かぶことはあまりない。

母はよく、春になると毎年どこかに電話をかけ、楽しそうにアルビの話で盛り上がっていた。その電話の相手が、今後ろに座っている関根さん夫婦であり、その隣の小川さん夫婦であり、三原さんであり、すぐ横の若松さんなのだ。きっと他にもいるのだろう。

僕には僕の、地元、大学、サークル、バイト先でのそれぞれの人間関係があるように、親にだって親のいろんな人間関係がある。そして今、そのコミュニティのひとつになぜか強制的に組み込まれている自分が、ホーム戦に来ているのにまるでアウェイに無理矢理連れて来られたような妙な感じなのだ。

本来ならここにいるのは僕じゃない。父だ。あらためてそう思ったとき、やっぱり父の死が本望であるはずがないと僕は思った。

父はきっと悔しいだろう。Ｊ１に昇格したアルビを見たかっただろう。この新しい春の訪れを、すごくすごく楽しみにしていただろう。

この試合を、父も空から見ているだろうか――

なんてちょっとせつない気持ちになっていたら、前半のうちにあっさりとアルビの同点ゴールが決まった。さらに続けて逆転ゴール。

アルビのゴールが決まると、スタジアムは一気に盛り上がる。後ろの関根さんや小川さんは、うおーとかうえーとか大声で叫んで立ち上がり、母は隣の若松さんと手を取り合って子どもみたいにはしゃいでいる。周囲の大人たちを見渡しても、自分がゴールを決めたみたいにガッツポーズを決める人、天に拳を突き上げる人、タオルをぶるんぶるん振り回す人、なんというか、みんなアルビのゴールによって解放されている。自由になっている。

「よーし、角度のないところからよく決めた！」

「いいシュートねえ、気持ちいいゴールだったわねえ」

「股抜きなんじゃねえか、これ」

「今の誰？ 太田くん？ あ、太田修介って新しく入った子ね！」

大型スクリーンのリプレー映像を満足そうに見上げる母の横顔は、僕が今まで見たことのない、母ではない母の顔である。

ハーフタイムにトイレに立とうとすると、あんたちょっとこれ頼むわ、と母から財布を押しつけられた。

「ポップコーンと柿の種を四つずつ。あとは何か、てきとうにあったかいもの。唐揚げとかおでんもいいわね」

「え、そんなに買う必要ある?」

「いろいろもらったから、うちもお返ししなくちゃでしょ」

「でもみんなもうお腹いっぱいじゃない?」

「いいから早く買ってきなさいよ。ほら、混んでるから早く」

他人様から何かをいただいたらすぐにお返しをしないと気が済まない。そして一度こうと決めたら他人の意見には絶対に耳を貸さない。こういう母の性格が、僕は子どものときからずっと苦手だった。

トイレの近くの売店には、予想通り長蛇の列ができていた。

面倒だからこのまま席に戻ってしまおうかと思ったけれど、そうするとあとで母の小言を聞かされることになるだろう。そっちのほうが面倒くさい。

しかたなく列の最後尾についたとき、すぐ横で、あ、と女の人の声がした。

振り向くと、若松さんの娘さんが隣の列に並んでいた。

「どうも」

「あ、どうも」

彼女は手に二つ折りの五千円札を持っている。

「母に頼まれちゃって」

「あ、うちもです。よかったら俺、一緒に買ってきましょうか」

「いいえ、うちの母、神経質で注文細かくて。関根さんには唐揚げとか、小川さんにはフランクフルトとか。かなり面倒くさいんです」

「うちもです」

「もうみんなお腹いっぱいですよね」

「ですよね。ビールも飲んでるし。年齢的に揚げもの控えたほうがよさそうな人たちばっかだし」

僕がそう言うと、若松さんの娘さんは、

「あはは。うちの母なんかほんとそれ。めっちゃメタボなんで」

と目を細くして笑った。笑顔が可愛い。僕はなんだか急に緊張して、今ここで会話を途切れさせてはいけない気がしてきた。

「あの……、えと、若松さんはビッグスワン、よく来るんですか？」

「私ですか？　私ははじめてです」

「あ、そうなんですね。俺は今日、けっこう久しぶりで。なんか試合前、乾杯とかしてちょっとした宴会みたいでしたね」

「でしたね。Ｊ１だから盛り上がりたくてしょうがない感じっていうか」

「焼きそば、食べきれました？」

「残しましたよ。二パックはさすがに無理です」

「ですよね。あ、よくしゃべるリーダーっぽい男の人いるじゃないですか。俺の後ろの、頭がもしゃもしゃした。あの人、口臭めっちゃきついんですよ」

「あ、それ、私も思った。挨拶したとき、うわ、って」

「俺、試合中ずっとマスクしてました」

「奥さん、気にならないのかな」

「どうなんだろう。もう感覚麻痺してるのかもしれないですよね」

列が進んだので前に詰めると、若松さんの娘さんは急にあらたまった声になって、言った。

「あの、今日はすごく感謝しているんです」

「え？」

「長谷川さんに誘っていただいて。うちの母、今日ビッグスワン行こうかどうしようか、ずっと迷っていたんです。冬に体調崩して入院したりしてたらメンタルもだいぶ落ちちゃったみたいで、外に出るの億劫になっちゃって。だからこういうときこそ外に連れ出したかったんです。それで『今年はＪ１だよ』『Ｊ１の試合見たいよね』って、私、サッカーのこと全然わからないのに励まして。でも今朝やっぱり行きたくないとか言い出して。私が説得しても聞かなくて。だけど長谷川さんから電話いただいて、ようやく重い腰を上げたんですよ」

僕は何と言い返せばいいかわからず、黙って聞いていた。

「皆さんがいなかったら、うちの母、ずっと家の中でふさぎこんでいたと思うんです。本当に感謝しかないです。ありがとうございます」

「いえ、あの、うちの母も、去年、父が死んじゃって……。でも春になったらアルビがあるからって、なんかちょっと元気が出てきたみたいで」

「うちの母も心配してました」

「あ、それはすみません」

「みんな、こうして春に会っていたんですね」

「……」

「毎年、春になれば会える仲間がいるって羨ましいなって、見てて思っちゃいました。私、アルビなんて、って前はちょっと馬鹿にしていたっていうか、サッカー見て騒いでる親が正直恥ずかしかったんですけど、でもいいですね、こういうの。私、来てよかった。こんなに楽しそうな母を見るの久しぶりです」

そのとき、お待ちの方こちらどうぞー、と売店の売り子さんに呼ばれた。

「あ、先どうぞ」

「いえ、大丈夫です。そっちの列なんで長谷川さんどうぞ」

「じゃあすみません、お先に」

試合は後半、札幌に一点を返され、結局、同点で終了の笛を聞いた。

「最後はだいぶ攻められてたから、負けなかっただけよかったわ。開幕三試合で一勝二分けなら上々よね」というのが母の感想だ。

「J1の記念に、写真、また撮ろうや」

関根さんが言い、リュックからずいぶん古い型のデジカメを取り出した。

「私、シャッター押しましょうか」

そう言って若松さんの娘さんが手を伸ばすと、

「だめよ、みんなで一緒に入りましょうよ」

母はそのカメラを取り上げ、近くにいた学生風の若い男に押しつけた。

「ちょっとあなた、悪いんだけどシャッターお願いできる? ここ、押すだけだから。わかる? ちゃんと全員入れてね」

その強引さに苦笑いしながら、あ、いっすよ、と男がカメラを受け取る。息子としては母のこういう言動が大いに恥ずかしい。

「ちゃんと端まで入ってる? 念のため二、三枚撮ってちょうだい」

記念撮影が終わってから、僕と若松さんの娘さんのふたりでゴミをまとめた。僕らがハーフタイムに売店で買った食べものは、結局半分以上が手つかずのまま残っていた。

「やっぱり。絶対余ると思った」

「ですよね、もったいない」

「持ち帰ります？」

「そうですね、そうしましょうか。私、皆さんに配ります」

「てかさっきの関根さんのカメラ、すごい懐かしい感じのコンデジでしたね」

「ですね。今もまだあんなの使ってる人いるんですね」

「あれならスマホで撮るほうがきれいですよ」

「ふふ。でもたぶん、あれ、ずっと使ってる大事なカメラなんですよ」

「ですね」

きっと関根さんのリュックにはいつもそのカメラが入っていて、ビッグスワンに来るたびに、あるいは大事な試合のたびに、それで思い出を記録してきたのだろう。メモリーカードのデータはオレンジの景色でいっぱいなのだろう。そしてその中には、ずっと僕の父もいたのだ。もしかしたら今も消去されないまま、あの小さな機械の中で、父は子どもみたいに無邪気に笑っているのだ。

そう思ったとき、僕はようやく気づいた。

ここに来れば、母は、父に会える。父とまた新しい会話ができる。

ゴールが決まって、スクリーンのリプレー映像を見上げたときの母のあの表情——きっと、母は父に話しかけていたのだ。

ほら、今のが新加入の太田くんよ、頼もしいわね、と。

みんなでスタンドを出て、広い階段を下りきったところで解散になった。

お酒が入っている人たちは揃ってシャトルバス乗り場のほうへ。若松さん親子と僕らは駐車場のほうへ。みんなそれぞれ、手に残りもののプラスチックのパックを持って。最後に、若松さんの娘さんがちらりと僕を見て、小さく手を振ってくれた。僕も頬を少し持ち上げ、ぎこちなくそれに応えた。

駐車場は混んでいて、出口に向かう車がすでに長い列を作っている。

「うちの車、どこに駐めたかしら」

「もっと奥だよ。これじゃ出るのに時間かかりそうだな」

「いつもそうよ。このあとは予定なんてないんだから、急がずゆっくり帰りましょう。お夕飯のおかずは残ったこれでいいわね」

「俺、渋滞の運転とかほんと嫌なんだよな」

「お父さんもそうだった。すぐイライラすんのよ。あんたみたいに」

「そうだっけ?」

「そうよ」

すると母は僕の横を歩きながら、ひとつ大きく息を吐いて、言った。

「私のことは大丈夫。心配しなくていいわ」

「え?」

「あんたはあんたで、ちゃんと東京で就職頑張んなさい」

「……」

「それより卒業できるんでしょうね。単位大丈夫なの?」

「まあ、必修は全部クリアしてるし大丈夫だと思うけど」

「ならいいわ。あ、来週の対戦相手どこだっけ。来週もホームよね?」

スマホで検索すると、次はホームでの川崎フロンターレ戦だった。

「フロンターレ！ 強いわよねえ。やっぱり負けちゃうかなあ」

「そんなの聞かれてもわかんないよ」

「あんた、来週も見に来る？」

「え。いや、俺はもういいよ。車で送ってあげるから母さんひとりで見れば」

「若松さんはね、来週もふたりで来るって言ってたわよ」

「あ、そう。だから何？」

にやにやしながら母が僕を見上げる。

「あの娘さん、はじめて会ったけど感じのいい子だったわね」

「ん、まあ、そうね」

きょろきょろ車を探すふりをしながら、春休みは長くて退屈だし、せっかくだから来週も母に付き合ってやってもいいかな、と思い直す僕であった。

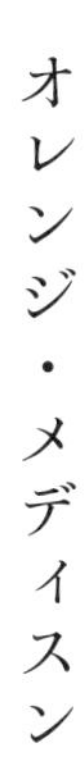

2023.4.15

ORANGE MEDICINE

The 8th section of the J. League Division 1
Albirex Niigata 3 - 2 Avispa Fukuoka

今日、佳乃は体調を崩して寝こんでいる。

先月、三年付き合った恋人にふられた。ただでさえ花粉症でつらい時期なのにそのショックで背中に帯状疱疹ができて、それがようやく治ったと思ったら今度は昨日の夜から熱を出した。三十八度九分。一気に高熱が出て身体の節々が痛くなるこの症状は明らかにインフルエンザだ。

佳乃は新潟市内の保育園で保育士の仕事をしている。園内では熱を出して休む子が先週から急激に増えていた。

あーもう、手指消毒もうがいも徹底してるのに。腸内環境改善のための乳酸菌ドリンクも毎日欠かさず飲んでるのに。帯状疱疹で休んで迷惑をかけた分、こないだ「私、今月は土曜全部出勤できます！」と宣言して園長に感謝されたばかりなのに。

朝起きても熱っぽさは変わらず、体温を測ったらまだ八度三分あったので、さすがに出勤はあきらめざるをえなかった。ひとまず園長にＬＩＮＥで連絡をして（土下座のスタンプも添えて平謝りして）、ゼリー状のビタミン飲料だけを口に含み、再び布団にもぐりこむ。

こういうときは何も考えず、ただひたすら寝るに限る。

六シーズンぶりのＪ１を思いきり楽しむために、今年はふたりの休みを合わせて何回かアウェイの遠征に出かけよう。

佳乃が恋人の蒼太とその計画を立てはじめたのは、今季のリーグ日程が発表された年明けのことだった。

「関東は行けるだけ行きたいよね。俺、そろそろ車買い替えようかな」

「やっぱＦＣ東京戦はマストじゃない？　アルベルいるし」

「鹿島とかマリノスとかも、いかにもＪ１っぽくていいと思う」

「え、だったらレッズでしょ。埼スタじゃなくて駒場だけど」

「え、それめっちゃ行きたい。俺、浦和のサポーターってまだ見たことないから生で見てみたい。三時間くらいで行けるよね。いや、もっとかかるかな」

「でも、駒場だとチケット取りづらいかもよ」

「席数少ないから? まあ大丈夫でしょ」

「よし、絶対行こう。蒼ちゃん、風邪ひいたりしないでよ」

「大丈夫、うちの会社の乳酸菌、まじで効くから」

「ずるい。私にもまた試供品もらってきてよ」

三月の浦和からはじまり、四月は東京、六月は湘南、七月は思いきって札幌まで行ってついでに旭山動物園にも足をのばす。計画はそこまで進んでいた。

なのに、である。

予定していた浦和遠征の前の週、ホームでアルビが川崎フロンターレを相手に金星を挙げたその日の夜、一緒に入ったファミレスで佳乃は蒼太から別れ話を切り出された。

ふたりの関係をもう一度考え直したい、しばらく離れてみるのはどうだろうと突然言い出した彼に、え、意味わかんない、どういうこと? と佳乃が詰め寄ると、なんと彼には他に女がいることがわかった。

相手は職場の年上のバツイチ。去年の秋口あたりから一緒に営業回りをしていて、ある日——彼が口にした言葉そのままの表現によると——お互いになんとなく気づいてしまったらしい。

「え、ごめん、説明聞いてもまったく理解できない。もう一度言って」

「だからお互いに、なんつーの、好意？ つか運命？ みたいなのをさ」

「それはいつ？」

「去年のクリスマスくらいかな」

「だいぶ前じゃん……。蒼ちゃん、殴っていい？」

「いや、俺、殴られるのはちょっと」

翌週の浦和遠征は、当然、中止になった。

佳乃はその試合を、ひとり暮らしの部屋のテレビで見た。それまで開幕から負けなしと好調だったアルビは、五試合目にして今シーズンの初黒星を喫した。

なーんだ、こんな負け試合、生で見るほどじゃなかった。ストレスがたまる試合内容だったし、後半は全然いいところがなかったし、けっこう雨も降ってたみたいだし、むしろ行かなくてよかった。

そんなふうに強がっていたら、アルビは次のホームの名古屋戦でも敗れ、その次のアウェイの神戸戦はＶＡＲのお陰でかろうじて引き分けたものの、それまでの調子のよさが嘘のように途端に結果を出せなくなってしまった。

後援会に入るほど熱心なサポーターの祖父母の影響で、佳乃は子どもの頃からサッカーが好きでアルビを応援している。

三年前、友達の紹介で蒼太と知り合ったとき、彼が小学生からずっとサッカーをやっていて（しかも最初に入ったのはアルビのスクールで）、今は仕事が休みの日に地域のクラブで子どもたちにサッカーを教えるボランティアをしていると聞き、佳乃は、あ、私の運命の人はきっとこの人だ、と直感した。実際、ふたりは初対面とは思えないほどサッカーの話題で盛り上がり、出会ったその日のうちにビッグスワンに誘い合った。

佳乃にとって、蒼太は二十六歳にしてはじめてできた恋人だった。

ああ、この年齢まで男選びを妥協しないでよかった――

素直にそう思ったし、蒼太のほうもまた佳乃に本気だったはずだった。

「俺、サッカーをはじめたのも、アルビのスクール通ってたのも、今考えればみんな佳乃と出会うためだったたって思うよ。運命つうのかなあ、すべてが一本の線でつながってる、つうのかなあ。まじでサッカーに感謝してる」

なんてことをベッドの上で裸でアイコスを吸いながら真剣に語っていた、あれは今思い返すといったい何だったのだろう。

アルビが好きなカップルの思い出の大半は、オレンジの景色とともにある。お互いの好きなものを同じ熱量で愛せるなんて最高に幸せな関係だと、佳乃は蒼太と付き合いはじめてから彼の二股が発覚するまで、ずっと思い続けてきた。

ただ別れてしまうと、今度は逆にそれがつらい。アルビの試合を見るたびに、アルビのことを考えるたびに、どうしたって蒼太のことが頭に浮かんできてしまう。ねえねえ、蒼ちゃんはワントップ、鈴木孝司と谷口海斗のどっちがいい？なんて、試合を見ながら心の中でうっかり話しかけてしまう。

ああもう、許せない。蒼太が別の女に乗り換えるなら私だって——

そう思って、帯状疱疹が治ったばかりの先週末、佳乃は職場にいるちょっとイケメンの男性保育士を誘い、ふたりで酒を飲みに出かけた。

去年大学を卒業したばかりのその年下の男は、以前からときどき佳乃に気があるような素振りを見せていた。こちらからアプローチすれば、きっと私になびくはず。佳乃にはその自信があった。

古町のカフェバーのカウンター席で、職場の愚痴をこぼしながら小洒落た酒を飲み、先輩らしく彼の仕事ぶりにダメ出ししたり逆に褒めたりしたあと、「最近さあ、私、彼氏と別れたんだよね」と佳乃がそっと肩を寄せると、案の定、彼は急におかわりのピッチを上げてきた。

よし、この男をビッグスワンに誘って、一緒にいるところを蒼太に思いきり見せつけてやれ。そっちが年上の女なら、こっちは年下の男だ――

ところが佳乃が何気なくアルビの話をはじめると、彼は途端に渋い顔になり、

「え、うそ、佳乃さんってサポーターなんですか？　まじで？」

と馬鹿にするような顔で薄く笑った。思わぬ反応に佳乃は動転した。

「あ、いや」

「へー、アルビが好きな若い女性って本当にいるんですね。俺、はじめて見た」

「え、そうかな、けっこういると思うんだけど」

「どうして好きなんですか？　どこが楽しいの？」

「えーと、さっき話した元カレが……」

「あー、彼氏が好きだったから自分も好きになったってパターン？」

「まあ、うん……私の場合はそれほどでもなかったけどね」

「そういう男と付き合うと、やっぱスタジアムに連れてかれたりとかするんですか？　あそこの人たち、夏のくそ暑いときでもマフラー巻いてんですよね？」

「マフラーっていっても、あれは普通に綿のタオル生地のものなんだけど……まあね、確かにちょっと迷惑だったよね。グッズ買わされたり、チャント歌わされたり、週末はそれで一日つぶれるし、チケット代もけっこうするし」

「えー、じゃあ別れてよかったじゃないですか」

「うん、別れてよかったよ。最低の男だったよ」

店を出たあと、酔った佳乃は男に求められるまま軽いキスをした。それは想像していたよりも悪くない感触だった。むしろ蒼太のそれよりもよかった。

「佳乃さん、俺、本気なんで」

「……」

「ずっと、好きだったんです」

彼の表情があまりに真剣で、佳乃の心は動いた。

「また、ふたりで会ってくれませんか？」

別れ際にそう言われて反射的にうんと頷いた佳乃は、その夜、部屋に帰ってから熱いお風呂を沸かし、酔いをさましながらじっくり考えた。

彼のことが好きかどうか、好きになれるかどうかは、まだよくわからない。でも不誠実な二股男なんてもう忘れて、新しい恋をはじめよう。そう思った。自分は今、そうすべきだと思った。

だけど、アルビのことはどうしよう――

問題はそれだ。彼はサッカーになんてまるで興味がなさそうだった。少なくともビッグスワンに気軽に誘える雰囲気ではなかった。週末にこそこそ隠れてビッグスワンに通い続けるのは、さすがに無理がある。彼と付き合いながらアルビの試合を見て、そのたびに蒼太のことを思い出し続けるのもなんだか空しい。

だったらいっそのこと、私がアルビを断ちきればいいんだ――

そうだ、これを機に私がサポーターをやめちゃえばいいんだ――

それは子どものときからアルビを応援するのが生活の一部のようになっていた佳乃にとって、コペルニクス的な発想の転換だった。

よし、そうと決まればまずは断捨離だ！

勢いよく風呂から上がると、佳乃は髪を濡らしたままごみ袋を広げ、これまでに買い集めたアルビの応援グッズをすべてその中に放り込んでいった。

そしてぱんぱんに膨らんだ袋の口を固くしばって部屋の隅に置いておいたら、それをごみに出す前に、自分が高熱を出してしまったのだ。

目を覚ますと午後になっていた。

寝ているあいだに大量に汗をかいたらしく、下着が肌にはりついて気持ち悪い。

身体を起こして湿ったシーツに触れると枕カバーまでがぐっしょり濡れている。

しかもなぜか目尻と頬骨のあたりがむず痒い。

え、私、なんで泣いてんの？

佳乃はたった今、夢を見ていたことに気づく。それは蒼太の夢だった。

「やり直そうよ」

夢の中で、蒼太は言った。

でもそれはまだ別れる前で（夢の中というのはたいてい時系列がめちゃくちゃだ）、ふたりがアウェイ遠征の計画を立てはじめた頃の場面だった。

「鹿島とかマリノスとか、いかにもＪ１っぽくていいと思う」

「え、だったらレッズでしょ。……だけど、蒼ちゃんは私のこともう好きじゃないんでしょ？　それなのに一緒に行く気？　バツイチの女は？」

「あいつ、アルビの話に全然食いついてくれないから」

「それ、新しい彼女とは付き合うけど、アルビだけは私と一緒に、ってこと？　都合よくアルビ友達だけは継続しようってこと？」

「違う。俺、佳乃とちゃんとやり直したいんだよ」

「それ本気で言ってる？」

「俺、やっぱり佳乃がいちばん好き。世界でいちばん好き」

復縁を迫られ、夢の中の佳乃は素直に喜んでいた。

「戻ってきてくれるの？　嘘じゃない？」

「うん。会社の彼女とはもう話つけてきたから。ごめん、許して」

「ほんとに？　じゃあ許す。全部許す。こないだの話、みんな聞かなかったことにしてあげる。駒場は行けなかったけど、今月の味スタは絶対に行こうね。私、インフル治して元気になるから」

そう言いながら佳乃は彼の胸にしがみつき、涙を流していたのだ。

ぼんやりした頭で天井を見上げ、夢の中身を反芻しながら、佳乃はそれが幸せな夢だったのか不幸せな夢だったのか判別できずに戸惑う。

今日がホームの福岡戦だと気づいたのは、本当に味スタに行くならそろそろチケットを用意しておかなきゃ、あ、でも味スタなら満員になることはないか、帰りの新幹線だけ指定席おさえておこうかな、窓際の席は蒼ちゃんに譲ってあげよう、なんて夢と現実を混同してあれこれ考えていたときだった。

テレビのリモコンを取りに立ち上がるのが億劫で、枕元をごそごそやってスマホを探し、ＤＡＺＮのアプリを起動する。

試合は前半が終了したところで、アルビは福岡に二点を先取されていた。

げ、負けてる。ダメじゃん――

ホームでいきなりの二失点は痛い。最近の三試合、負け、負け、引き分けときて、今日また負けたら、アルビはこれからどんどん順位を落としていくだろう。もしかしたら残留争いに巻きこまれるかもしれない。

松橋さん、後半は積極的に動いて。小見ちゃんとか詠太郎とか投入して――と佳乃は声に出さずにつぶやいてから、あ、私、アルビ見るのやめたんだった、と佳乃は思い直した。だったらもうアルビがいくら負けたって関係ない。

スマホをオフにして、またごろりと横になる。ただ、じっとしているのもそれはそれで退屈だった。もうひと眠りしようとまぶたを閉じても、昨夜からすでにかなり長い時間寝ているのでちっとも眠気がやってこない。

最後に、今日の試合をしっかり見届けてから終わりにしよう――

佳乃はまた目を開けて、スマホを手に取った。

するとアルビは後半開始早々、伊藤涼太郎がＦＫを直接決めて一点を返した。

おお、さすが涼太郎。しかもニアサイドをぶち抜くなんて――

そこから一気に反撃に転じるかと思いきや、でもアルビはなかなか攻撃のかたちを作れない。前線の選手を三人同時に交代する大胆な采配で少しはリズムを取り戻したものの、一点ビハインドのまま時計の針だけがどんどん先に進んでいった。後半のアディショナルタイムに突入したときは、もう完全に負け試合の空気だった。

やっぱり、J1は甘くないんだ――

「J1」を人生や恋愛といった言葉に置き換えながら、佳乃は画面をじっと見つめ、蒼ちゃんは新しい彼女とこの試合を見ていたりするのかな、ビッグスワンにいるのかな、なんてことを考えた。

だったら、負け試合ざまあ。このまま負けろ！絶対負けろ――

でもそう思うことは佳乃をいっそうみじめな気持ちにさせた。

本当にもう忘れよう。蒼ちゃんのことも、アルビのことも。そうしないときっと私は先に進めない――

佳乃はスマホをそばに置き、かわりに体温計を手にとって脇に挟んだ。

と、そのときだった。スマホのスピーカーから、音が割れそうなほどの大きな歓声が聞こえてきた。土壇場でのアルビの同点弾。伊藤涼太郎が放ったミドルシュートが福岡のゴールネットに突き刺さったのだ。

「おおっ！」

自然と声が出た。

また伊藤涼太郎か。今年の涼太郎はまじですごい。よし、このまま同点で終われ。福岡の反撃をしのげ。残りはあとほんの数分だから、しっかり時間使って守り抜け。気を抜かないで、頑張ってプレスかけて――

結局、佳乃はアルビを応援している。

するとその直後だった。アディショナルタイムも終わりに近づき、いよいよラストプレーかという場面で、福岡のゴール前、ペナルティエリアのど真ん中、またしても伊藤涼太郎の正面にボールが転がった。

涼太郎――打てっ――

言われるまでもなく背番号13が右足を鋭く振り抜いたとき、佳乃もまた、反射的に掛け布団を思いきり蹴り上げていた。

試合終了直前の劇的な逆転ゴール。

同点弾を決めても表情ひとつ変えないクールな男が、三点目でついに吠えている。

「うぉっ、しゃあぁーーーっ！」

佳乃もベッドの上で吠えた。

やばい！　伊藤涼太郎やばい！　まじ最高！　めっちゃ気持ちいい！

拳を握ってマットレスをばふばふ叩き、そして佳乃は思った。

こんなに興奮するなんて。こんなに感動するなんて。やっぱり、私はアルビを捨てるなんてできない。男にふられただけでこの気持ちまで失ってたまるか——男に好かれるためにこの気持ちを犠牲にしてたまるか——

試合終了の笛と同時に起き上がると、体温計がパジャマの裾からシーツの上にぽとりと落ちた。それを拾ってベッドに腰かけ、もう一度体温を測り直す。

三十六度七分。いつのまにか平熱に戻っていた。

どうやらしっかり寝てたっぷり汗をかいたことで身体が回復したらしい。でも佳乃はそれよりも、このアルビの劇的な逆転勝利が自分にとってはいちばんの薬になったような気がした。

立ち上がるとまだ少しふらふらする。それでも朝より身体がだいぶ軽い。頭もすっきりしている。佳乃は流しまで歩いて、コップに注いだ水をごくごく飲んでから、ベッドに戻りかけ、ふとその足を止めた。

部屋の隅に、燃やすごみの大きな袋がある。

佳乃はそのそばにしゃがみこみ、結び目をほどくと、袋の中のものをひとつずつ取り出してフローリングの床に並べた。

試合の日にいつも着ていたオレンジのユニフォーム、蒼ちゃんとお揃いのタオルマフラーとマグカップ、ビッグスワン二〇周年のときの記念シャツ、J1昇格の記念に買ったエルゴラと、これまでのランジャ・アズールのバックナンバー、ヤフオクで落札した昔のゴール集のDVD、イベントに参加して手に入れた選手の寄せ書きサイン色紙、中学生のとき、冬の試合の日におじいちゃんが買ってくれたニットキャップとトレーナー――いつ、どんな気持ちでそれを手にしたか、そのときそばに誰がいたか、すべてはっきりと思い出せる。

最後に、子どものときサンタクロースからもらったアルビくんのぬいぐるみを取り出すと、その懐かしい感触をゆっくりと確かめてから、佳乃はそれを湿ったパジャマの胸にぎゅっと抱いた。

ありえない。これをみんな捨ててしまうなんて。

試合を見ない女

2023.4.29

PESSIMISTIC WIFE

The 10th section of the J. League Division 1

F.C. Tokyo 2 - 1 Albirex Niigata

週末の午後はアルビのためにいつも予定を空けておく。ホームの試合は必ずゴール裏のスタンドに足を運び、アウェイの試合は自宅のテレビでしっかりリアルタイムで観戦するのが、サポーターとしての自分なりの流儀である。五十を過ぎて二度目の転職をしたとき、給料は安くとも土日出勤がない職場を選んだのはそのためだ。

なのに今、アルビの試合の真っ最中だというのに、俺は土曜診療をやっている近所の内科クリニックの駐車場に車を駐め、狭い入口で殺菌済みのスリッパなんぞに足をつっこんでいる。

妻が二週間前にこのクリニックで内視鏡の検査を受けた。今日は、担当医からその結果説明を受けることになっている。

「ごめんね、予約がこの時間しか取れなくて」

妻から、どうしてもついて来てほしいとせがまれたのだ。

自分の検査の結果くらい、子どもじゃないんだからひとりで聞けばいいじゃないかと思うが、ひとりで現実と向き合うのがどうしても怖いのだそうだ。

「なんかね、悪い予感がするの」

そう言われるとむげには断れない。予約に間に合うぎりぎりの時間までリビングでアウェイのFC東京戦を見てから（前半途中のその時点では1対1の同点だった）、俺はもどかしい気持ちでテレビを消し、妻とふたりで家を出た。

「あれ？ 珍しいね。試合中なのに父さんまで出かけるの」

「ん、まあ、ちょっとな」

高校生の息子と娘には、会社の上司に孫が産まれたのでお祝いを買いに行かなければならないと嘘をついた。

「心配かけたくないから、どんなに悪い結果でもあの子たちには言わないでね。受験もあるし、部活もあるし」

「わかってるよ」

「絶対だからね」

妻からはしつこいほど何度も念を押された。自分以外の人間が心配することを心配し、その心配によって引き起こされる結果まで心配する彼女は、つまり極端な心配性で、かなりの悲観主義者である。

「せめてあの子たちが二十歳になるまではなんとか生きていたいわ」

「お前、それはちょっと考えすぎだよ」

「そうね。でも……やっぱりなんか悪い予感がするのよね」

待合室に設置されたテレビではBSのショッピング番組が流れていた。

妻が受付を済ませるあいだ、俺はスマホのDAZNを起動しアルビの試合経過をチェックする。ぬぬ、FC東京に二点目が入っている……。くそ、ディエゴ・オリヴェイラか。この選手は気をつけなきゃいけないのに。

敵将のいかめしい表情が画面に映し出されたとき、番号札を手に隣に妻がやってきた。

「ここでアルビ見るなら、もうちょっとボリューム小さくして」

「あ、そうだな。悪い」

「FC東京には勝ちたいわね」

「まあな。でもアルベルトもアルビにだけは負けたくないだろうな」

「今はアルベルでしょ」

「どっちでもいいだろ。試合中の顔つきは変わらないよ」

ほら、と見せようとすると、妻は画面からさっと顔を背ける。

「やめて。私は見ない」

妻もまた、俺と同じようにアルビを応援している。サポーター歴が長いのはむしろ妻のほうで、選手の名前やプロフィールについては俺よりもうんと詳しい。定期的に家に届くサポーターズマガジンの年間購読料を支払っているのは彼女だ。でも、妻は試合をまったく見ない。

「ハラハラして見ていられないの。心臓に悪いの。全然楽しめないの」

一緒に暮らして二十年以上経つというのに、これまで妻とふたりでスタンドに足を運んだのは結婚前のたった一度しかない。

その試合で、アルビはまったくいいところなくボロ負けした。

それからというもの、いくらビッグワンに誘っても妻はついて来ない。それどころか俺がリビングのテレビでアルビの試合を見はじめると、耳をふさいでさっさと部屋から逃げ出してしまう。

「私が見ると負けちゃう気がするの」

「勝ったり負けたりするから、スポーツは面白いんだろ」

「それがドキドキして嫌なの。そういうのに耐えられないの。心臓に悪いの」

アルビの試合だけではない。妻は子どもたちの高校受験のときも、ひとりだけ結果発表を見に行かなかった。息子の野球部の試合も、娘の吹奏楽部の大会も、応援に行くのはいつも俺ひとりである。

「私が見に行ったせいで失敗したら可哀想だもん」

息子が三振をしてもエラーをしてもそれは妻のせいではないし、娘が演奏をしくじろうが、アルビがボロ負けしようが、どちらも妻のせいではない。なのに彼女はそれが全部自分のせいだと信じて疑わない。そういう性格の女なのだ。

こういう人間を生涯の伴侶に選んだことを、俺は正直なところ、少し後悔している。いや少しどころではなく、かなり面倒くさく感じている。うんざりしていると言ってもいい。

せっかく夫婦で応援しているんだから、たまには一緒に見てくれてもいいじゃないか。俺はアルビを見るたびに、いつも妻のせいで楽しさを半分削り取られるような、そんな物足りなさでイライラしてしまう。


妻が職場の健康診断で引っかかったのはつい最近のことだ。

まあ、この年齢になればみんなそうだよ、なんて言いながら、俺がたまに行く近所のクリニックでの再検査を勧めたら、少し大きめの腫瘍が見つかった。

もしも、それが悪性だったら——

悲観主義者の頭の中は今、そのことでいっぱいである。

「ねえ、遺言って用意しておいたほうがいいのかしら」

「ばか、何言ってんだよ。結果が出る前からそんなこと言うなって」

ただ、今回に限っては、妻が不安になるのも無理はない。義父、つまり妻の父親は、彼女が小学生のときに五十代の若さで亡くなっている。遺伝もまた、病気の大きな要因のひとつには違いない。

「とにかく結果が出るのを待とう、な」

俺も万が一のことを考えてその病気のことをいろいろとネットで検索した。

まあ、おそらく大丈夫だろう、とは思うものの、妻の心配性が伝染したのか、ここ数日は仕事をしていてもなんだか何も手につかない感じがある。

もし、もしも本当にそれが悪い結果だったら——


「385番の方、どうぞー」

番号で呼ばれた。反射的に立ち上がった俺の横で、でも、妻はじっと座ったまま微動だにしない。

「呼ばれたよ」

「呼ばれたね」

「ほら、行くぞ」

「私、やっぱりここで待ってるからあなた聞いてきて」

「ばか、今さら何言ってんだよ。自分の検査結果なんだから自分で聞かなきゃしょうがないだろ」

思わず叱りつけるようなきつい言い方になった。受付の若い子がちらりと視線を寄越す。待合室にいる他の患者が聞き耳を立てているのがわかる。

「これ、貸して。私、ここでアルビ見てる」

妻はそう言うなり、俺の手からスマホを取り上げた。自分からアルビの試合を見ると言い出すなんて。つまり、彼女にとってはそれほどの恐怖なのだ。

「いいから一緒に来いって」

「無理。行けない」

「どうして」

妻はスカートの上でぎゅっと手を組み、絞り出すような声で言った。

「私ね、お父さんにがんが見つかったとき、親戚のおじさんに言われたのよ。私がいい子にしていれば絶対大丈夫だからって。大丈夫って信じて、大丈夫って願っていれば、お父さんは大丈夫だからって」

「……」

「でも、だめだった」

「それは、その人が子ども相手だと思っていい加減なことを言っただけだろ」

「うん、そうなんだけど。でも私、そのとき、お父さんが死んだのは全部私のせいだって思っちゃったの。私の願いが足りなかったんだって。私がいい子じゃなかったからだって。それに私が何か『こうなってほしい』って願うと、きっと現実はそれと反対のことが起こるんだって」

「全然関係ないから、そんなの」

「でも、なんか私、今日ならアルビの試合を見られる気がするの。私が見ても、勝ってくれるような気がするの。アルビが勝てば、私も大丈夫な気がするの」

「だからそういうの関係ないから」

「でもそんな気がするの」

「だからもうやめろよそういうの！　お前どうかしてるよ！　いい加減にしろ！」

そのとき、また番号を呼ばれた。

「385番の方、いらっしゃいますかー」

しかたなく妻をその場に置いたまま、俺ひとりで診察室のドアをノックする。

事情を説明すると担当の若い医者は、「うーん、本当はちゃんと本人に説明しないとだめなんですけどね……」とぶつぶつ言いながら、MRIの画像を映したモニターの暗い画面をこちらに向け、診断結果が印刷された紙きれを一枚、俺の目の前にさっと差し出した。

「こないだの検査なんですけど、うーん……」

その紙を、俺は直視できなかった。急に身体が強ばり、視野が狭まり、頭の中が不安でいっぱいになり、次の瞬間——どうかしている妻と同じように——今このときアルビの同点ゴールが決まってくれ、逆転して勝ってくれ、と心の中で本気で願っていた。

診察室を出て待合室に戻ると、妻は表情のない顔でテレビのショッピング番組をじっと見つめていた。スカートの上のスマホの画面は真っ暗なオフの状態になっているから、もう試合は終わったのだろう。

俺に気づくと、妻は目を合わさずにひとこと、負けたよ、とつぶやいた。

「だめだった。1対2のまま」

「そうか」

「やっぱり私が見ると負けちゃうね。だから見たくないんだよ……」

無理に作り笑いをするその顔は青白く、震える声は、覚悟を決めた人間のうめき声のようである。そんな妻を見下ろして、俺は思った。

この恐怖は、結局、俺がみんな受け止めてやるしかないのだろう。俺が理解してやるしかないのだろう。それが夫としての自分の役割なのだろう。きっと、そのために俺はこの女と一緒になったのだ。

妻の隣に座り、背中にそっと手を置いて、言葉を選んで伝える。

「なあ、今度、また一緒にビッグスワンに行こうや。べつに負けたっていいじゃない。むしろ負けて当たり前だと思って、勝ったらラッキーだと思って、そのくらい楽な気持ちで見に行こうや。いくら負けたって、サッカーは次の試合があるよ。人間だって、生きてりゃ何度でもやり直せるよ」

「……」

「検査結果、大丈夫だった。良性だから心配しなくていいってさ。よかったな。ほんと、よかったよ」

だからそんなに怖がるな。安心しろ。

お前に何があっても、俺がそばにいてやるからさ。

憧れ

2023.6.11

MY HERO

The 17th section of the J. League Division 1
Albirex Niigata 1 - 3 Kyoto Sanga F.C.

地元の大学に進学して一年が経ち、俺は二十歳になった。

春休みが明けた途端、キャンパスの雰囲気がやけに華やいで感じられるのは、コロナ禍が落ち着き、自粛生活からようやく解放されたからだろうか。

マスクを外した女の子たちの笑顔がまぶしい。そしてそれに近づく男たちのニヤけた顔つきや馴れ馴れしい口調が、態度が、なんだか無性に気に障る。

非モテ男のひがみといってしまえばそれまでかもしれないが、この明るく活発な若い男女が青春を謳歌する場としての大学生活に、俺はいまだに馴染めないでいる。

馴染めないといえば、今年のゼミだ。新任の担当教員がどうも気に食わない。

その男は最初の授業のとき、教室で学生を車座に座らせて、「お互いのことをもっとよく知るために」と前置きをしてから、「みんなで将来の夢を語ろう」などと突拍子もないことを言い出した。

俺は萎えた。将来の夢、って。小学校じゃないんだから。

でも俺以外のゼミ生たちは、単位を与えてくれるその男に対して異様なまでに従順で、こんな人になりたい、こんな仕事に就きたい、あの有名人みたいな生き方に憧れる、なんてことを素直に、というか馬鹿正直に、順番に語り出した。

そして、俺の番が来た。

「別に、何もないっす」

そう答えるしかなかった。ないものはないのだからしょうがない。

「じゃあ、君は卒業したらどんな会社に就職したい？」

「いやまあ、仕事があればなんでもいいっつーか」

「憧れる人とかいないの？ 君にとってのヒーローは？」

「いや、いないっす」

俺のその態度で、教室の空気はいっぺんに白けた。

「そうか、じゃあ卒業までに見つかるといいね」

教員の男はそう言って憐れむような目で俺を一瞥すると、何事もなかったように次の学生に順番を移した。

別の学部の友達に、カツヤという男がいる。両親が医者で実家はかなり裕福らしい。ふたりいる兄貴はどちらも医学部だそうだ。

奨学金でどうにかこうにか入学できた俺と違って、カツヤは仕送りが月三十万でアルバイトをする必要がない（なんなら就職もしなくていいのではないかという）恵まれた男だが、人生のことなど何も考えていない呆けた感じが俺によく似ている。地頭はいいくせに不真面目で、大学には来たり来なかったり、必修以外の単位は平気で落としてへらへらしているようなやつだ。

俺は一年のときから授業をサボってしょっちゅうひとり暮らしのカツヤの部屋に入り浸り、なんならときどき寝泊まりもしている。学生には分不相応なマンションの部屋にはゲームもマンガも大量にあり、大きな画面のテレビではネットフリックスもBSの有料チャンネルも見放題だ。

新年度早々にゼミのクラスで居場所をなくした俺は、その週末、またいつものように、あー、来週も学校までだりーなー、なんて言いながら、カツヤの部屋にいた。

「あ、悪い。俺、これからサッカー見るから」

それは退屈な土曜の午後だった。ふたりで朝からだらだらとゲームをしていたら、カツヤが急にそう言い出し、テレビを定額制のストリーミングサービスに切り替えてJリーグの試合を見はじめた。

「えー、まじかよ、いいとこだったのに」

「二時間で終わるからさ」

「それ、録画してあとで見れねえの?」

「ごめん、そういうのは俺の主義に反するんで。よかったらお前も見ろよ」

俺はサッカーなんてべつに見たくなかったけれど、他にすることもないのでしかたなくカツヤの隣で一緒に試合を見ることにした。大学生活をうまくやり過ごすには友達に合わせる協調性もある程度は必要だ。四年間を孤独に過ごせるほど、俺は強い人間ではない。

「本当はビッグスワン行きたかったんだけどさ、今日、たぶん兄ちゃんたちも行ってるから。兄ちゃんとはあんま顔合わせたくないんだよね」

「ふうん」

「あ、よかったらお前も今度、ビッグスワン行く？　父ちゃんの持ってる席でよかったらタダで見れるぜ」

「持ってる席、ってなんだよ、金持ちめ」

「けっこういい席だよ」

「やめとく。俺、そもそもワールドカップとかオリンピックとか、そういうの全然盛り上がれない人間だから。てか、サッカーって何がそんなに面白いの？　ただ四角い網ん中にボール蹴りこんで騒いでるだけじゃん」

「まあそうだけど、そのシンプルさがいいんじゃん」

「わっかんねー」

そう言いつつ、でも俺はその試合が終わったとき、大いに興奮していた。

「やっべー、サッカーめっちゃ面白いんだけど」

「だろ」

カツヤが応援する地元のオレンジのチームは、どうしようもないほど完全な負け試合を、あるひとりの選手のハットトリックで、しかも試合終了間際の劇的な連続ゴールで、勝ちゲームにひっくり返したのだ。

「すげーな、この選手」

すこぶる上機嫌なカツヤの横で、俺はその日のヒーローがインタビューを受けるのを聞いた。試合で活躍した選手というのはだいたいにおいてみんなマイクを向けられると自慢げな笑顔をふりまくものだが、その男は終始真顔だった。ちっともニヤけたところがなく、それどころか表情には悲壮感さえ漂っていた。

「もう、とにかく絶対に決める」

彼の短い言葉からは、自分の仕事をやりきった、その達成感だけが伝わってきた。視線の真っ直ぐさに、強さに、俺はテレビの前で痺れた。

へえ、こんな男がいるんだ、と素直に感動した。


その日から、俺はユーチューブで伊藤涼太郎のプレーを検索し、見まくった。

そして次のアルビのホーム戦から、カツヤに連れられてビッグスワンの「けっこういい席」に足を運ぶようになった。

サッカーのことはまだよくわからないけれど、彼の足もとにボールが収まるとなぜかそこだけ時間の流れが、試合のリズムが、微妙に変わる。

素人目にも、彼は特別な選手だった。

「やっぱ、評価高いの？」

「今年Jリーグ見てるやつはたぶん全員、注目してるね」

俺は悔しかった。せっかく見つけた自分だけの宝物を、他人から横取りされた気分だった。


その衝撃的なネット記事を目にしたのは、六月のはじめ、カツヤの部屋で夜遅くまでゲームで遊び、寝坊して一限のゼミを無断欠席した朝だった。

「はあっ!?」

見出しを読んで反射的に声が出た。伊藤涼太郎が海外に移籍するという。

「おい、何だこれ。まじかよ」

まだ寝ているカツヤを揺すって起こし、記事を読ませると、

「うーん、思ったより早かったな」

カツヤは案外冷静だった。

「いやこれ、大変だろ。なんでそんな落ち着いてんだよ」

「去年も本間至恩がシーズン中に移籍してるし。なんつーか、俺ら主力を引き抜かれるのに慣れてるっていうか。日常茶飯事っていうか。はは」

理解の追いつかない俺に、

「サッカーはそういう世界だから」

カツヤは悟りを開いた老人のような穏やかな口調で言った。

六月十一日のホームでの京都戦は、伊藤涼太郎の惜別の試合となった。

俺はカツヤと並んでビッグスワンのスタンドに座っていた。本当は週明けに提出するゼミの課題を終わらせないといけないのだが、それどころではなかった。彼のプレーをどうしてもこの目に焼きつけておきたかった。

雨だった。そして、アルビは負けた。伊藤涼太郎はもう、はじめて見たときのような奇跡を起こしてはくれなかった。

試合終了のホイッスルを聞いて天を仰ぐ背番号13を見つめながら、俺は雨に濡れたその背中に、何だろう、言葉ではうまく言い表せない、憎しみに近いような反感をおぼえていた。

行っちゃうんだ。へえ、行っちゃうんだ。

応援してくれる人がこんなにいるのに背を向けちゃうのかよ。海外がそんなにいいのかよ。そこまでして追いかける夢があるのかよ——

ゼミの教室で周囲から白い目で見られたときのことが、ふと脳裏をよぎった。

どうせ、俺には何もない。将来の夢も、それを叶える力も——

とはいえ大学の他のやつらだって、結局はみんな、俺やカツヤと似たり寄ったりだということを俺は知っている。

五月の連休明けに、大学の近くの安居酒屋でゼミの懇親会があった。こんな俺にもいちおう声がかかり、聞けばあの教員は金は出すが店には来ないというから参加した。あの男の金で思いきり飲み食いしてやろうと思った。

すると夜が更けて酔いが回るにつれ、あのとき教室で目を輝かせて将来の夢を語り合っていた連中が、「あれ、まじでクソだったよね」「ああいうの最悪。ほんとやめてほしい」などと言い出し、教員の陰口で盛り上がりはじめた。

俺はテーブルの隅で手酌で酒を飲みながらそれを聞き、「何もないとかさあ、お前の答え、最高だったよ」と褒められればその笑いに参加し、

「誰かに憧れるとか、意味わかんねーし。俺は俺だし」

とうそぶいては、そんな自分をつまらない存在に感じた。

伊藤涼太郎がピッチを歩くのを見下ろしながら、思う。

俺は、あいつらみたいにはなりたくない。人前では善人のように振る舞いながら、陰に隠れて悪口を言い合うような人間は、たとえどんなに美しい夢を持っていたって、たぶんどこへも行けやしない。何にもなれやしない。

夢なんてなくたって、俺は正直な男でいたい。サッカーで負けて本気で悔しがるような男でいたい。そう、伊藤涼太郎みたいになりたい。

そして気づく。俺たちはまだ夢がないから、あるいは、まだ夢を追いかける力がないから、みんな、何かに、誰かに、憧れるのだ。憧れたがるのだ。

試合終了後のグラウンドでは、伊藤涼太郎の壮行のセレモニーが準備されていた。スタンドの観客は席を立たずにそのはじまりをじっと待っている。

でも、俺はもう十分だった。

「じゃ俺、先に帰るわ」

「え、お前、涼太郎の挨拶、聞いていかないの?」

「用があるから」

「何だよそれ」

三万人の観衆に向けた言葉なんて聞きたくなかった。

俺は、俺の中に、俺だけの伊藤涼太郎の最後の言葉を見つけたかった。

そして俺だけが、それに励まされたいと思った。

今はまだ、何者でもない、どこにでもいるただの大学生のひとりでしかないけれど、俺はきっとそのうち何かを見つけるだろう。それが何かはまだわからない。でもそのとき、俺は伊藤涼太郎と同じ眼差しで、その何かと向き合う。

大型スクリーンに映る男の顔を真似て雨空を睨みつけ、ビッグスワンのスタンドを出た。シャトルバス乗り場を素通りし、濡れた地面を踏みつけながら、俺はどこかにあるはずの未来に向かってひたすら歩を進めた。

レジェンドはいなくても

2023.7.7

EVEN IF LEGEND IS NOT THERE

The 20th section of the J. League Division 1
Albirex Niigata 0 - 1 Vissel Kobe

「一緒にイニエスタを見に行こうよ」

そう、軽い感じで約束を交わした。

去年の夏、まだアルビのＪ１昇格が決まる前のことだ。

話の勢いでなんとなく僕から言い出したことで、ふたりともずいぶん酔っ払っていたから、それが本当に約束だったかどうか——どの程度の約束だったか——正直なところ、かなりあやふやである。

ただ、そのとき彼女はたしかに「いいですね！」と目を輝かせ、「主任とビッグスワン行くのめっちゃ楽しそう！」とビールジョッキ片手にはしゃいでいた。

その夏、入社二年目の伊島さんと僕は新商品のカタログと見積書を手に、毎日汗をかきながら一緒に外回りの営業に出ていた。

何度も同じ会社に足を運んでは頭を下げ、接待に予算を使い、ようやく彼女の提案でひとつ大きな契約が取れたのは、夏の終わりのことだった。

「はじめての交渉成立、おめでとう」

「やっとです、須田主任のおかげです」

僕らは仕事帰りに古町の立ち飲み屋でささやかな祝杯をあげ、そこではじめて、プライベートな話を少しした。そして互いにサッカーが好きで、アルビのファンであることを知ったのだ。

「伊島さんもけっこう試合見に行ってるの？」

「私は年に一、二回とか、まあそんなもんです。須田さんはビッグスワンに行くとしたらどの席が多いですか？」

「僕も年に二、三回だけど、だいたいアウェイ側のゴール裏かな」

「NじゃなくてSなんですね」

「うん、そっちのほうが落ち着いて見られるから」

「じゃあ来年のホームの神戸戦、私もそこに行きますね」

「昇格したら、だよ」

「昇格しますよ、絶対。一緒にイニエスタを見ましょう」

「うん、楽しみだね」

でもアルビのＪ１昇格が決まったとき、伊島さんはもう会社にいなかった。九月の頭に退職届が受理され、その月末で彼女は仕事を辞めていた。退職理由は、一身上の都合。辞める理由を訊ねても、彼女は、

「すみません、ちょっとつらくなっちゃって」

と繰り返すだけで、はっきりしたことは何も教えてくれなかった。僕は肩透かしをくったような気分で彼女の新しい門出を見送るしかなかった。

営業パートナーであったと同時に、僕は彼女が入社して営業部に配属されたときからの彼女の教育係でもあった。平成生まれの彼女といよいよアラフォーに足を踏み入れようかという僕はちょうどひとまわり年が離れている。僕は僕なりに、いい先輩になれるよう、彼女が仕事にやり甲斐を見いだせるよう、努力してきたつもりだったけれど、どうやら空振りに終わってしまったらしい。

それ以来、彼女とは顔を合わせていない。秋の終わりに一度、アルビのＪ１昇格を祝うメッセージを送ってみようかと思った。でもかつて彼女と連絡を取り合っていたのは会社から支給されたスマホで、僕は彼女の個人的な連絡先を、電話番号もＬＩＮＥもＳＮＳのアカウントすら、何も知らないのだった。

今夜予定していた取引先との会食が先方の都合で急にキャンセルになったのは、昼飯を外で済ませて会社に戻ったときだった。

「そうですか、承知しました。ではまた日をあらためてということで」

一階のエレベーターホールで電話応対をしていると、ふと、受付の水野さんがエントランスの季節飾りに色画用紙の短冊を結んでいるのが目に入った。

そうか、今日は七夕か——ということは、ビッグスワンで神戸戦だ。

通話を終えると、僕の視線に気づいた水野さんが短冊を手に近づいてきた。

「須田さんも何か書いてくださいよ。この会社の人たち、笹を飾れって言うくせに誰も何も書いてくれないんですよ」

「何書けばいいの?」

「売上アップとか、健康長寿とか」

「水野さんは何を書いたの?」

「そんなの『彼氏が欲しい』しかないですよね。って、去年も書いたんですけど全然叶わなかったっす。須田さんは最近いい出会いとかありました?」

「いや、何もないよ」

「ですよね」

「なんだよ、ですよね、って。失礼な」

休憩時間によく喫煙室で一緒に無駄話をする彼女は、僕がずっと独身で、もう長いこと女性とまともに付き合っていないことを知っている。「僕、恋人募集中です」なんて無邪気に他人に言えたのは、いくつの頃までだっただろう。

「で、何書けばいいかな」

「だから何でもいいですって。社長の悪口でも」

「いや俺、この歳で今さら転職とかしたくないから」

気づけばもう、恋愛面でも仕事面でも、僕は自分の将来に何の期待もしていない。短冊を手にしても、書くことなんてひとつも思い浮かばなかった。

「ごめん、やっぱ今忙しいから無理」

「じゃあ何も書かなくていいから、枝の高いところにぶら下げておいてください。私、背、届かないんで」

夜七時にぎりぎり間に合うように仕事を片づけ、駅からシャトルバスに乗る。

予定がぽっかり空いた金曜の夜を、僕は結局、アルビで埋めることにした。

伊島さんが会社を去ってからというもの、どうも仕事に身が入らない。

今夜の接待だってこれまでの自分であれば粘り強く次の約束を取りつけたはずなのに、ああそうですかとすぐに電話を切ってしまった。

「大事に育ててきた部下が急に辞めちゃうと、みんなそうなるよ」

立場の近い同僚はそんなふうに慰めてくれる。

でも、本当の理由はきっとそれではない。

いつのまにか僕は、バスの乗客の中に伊島さんの姿を探している。

好きだったんだ、とようやく気づいたのは、年が明けてＪ１の日程が発表され「ホームの神戸戦」が七夕の夜と知ってからだ。仕事中、かつて彼女が座っていた窓際の席をちらちらと気にしながら――今はどんな仕事をしているんだろう、上司はどんなやつだろう、ビッグスワンに行ったら会えるだろうか――そんなことばかりを考えるようになった。

ひとまわりも年下の女性なんて、好きになるはずがないと思っていた。

上司と部下だ。彼女にとって僕は、偶然同じ会社に所属している、ただのアラフォーのおっさんだ。恋愛対象のはずがない。

でも——

イニエスタを見に行こうと約束を交わしたとき、彼女は「めっちゃ楽しそう」と嬉しそうに目を細め、白い歯を見せてくれた。

あのときの瞳の輝きは、本物の約束を交わすときのそれだったと、僕はつい、思ってしまう。信じてしまう。願ってしまう。

彼女に会えるとは思わない。あの約束はもう、約束ですらなくなっている。でもいいじゃないか、今夜くらい、信じても。七夕なんだから。

言葉にできなかった願いごとを胸に、当日券を買ってビッグスワンに入場すると、ちょうどキックオフの時間だった。もしかしたら今このとき、彼女が同時に聞いているかもしれないホイッスルの音を、僕は約束の場所で聞いた。

そういえば会社の笹飾りのてっぺんにぶら下げた短冊は、オレンジの色画用紙だったな、なんてことを思い出しながら——

＊＊＊

「一緒にイニエスタを見に行こうよ」

須田主任からそう言って誘われたのは、去年の夏の終わりだった。

アルビはＪ２のシーズンを戦っていて、まだ昇格が決まる前だったから、それは本気の約束というより、アルビを応援する者同士の、話の流れの中での社交辞令のようなやりとりだったと思う。

お互いサッカー好きと知ってお酒の勢いで口にした、そんな感じだった。

入社二年目、外回りの営業で大きな契約が取れたはじめての夜だった。そしてそれは、須田主任とふたりきりでお酒を飲んだはじめての夜でもあった。仕事を片づけて一緒に会社を出る前、私がどの営業先に行くときよりも長くトイレにこもって入念にメイクを直していたことを、たぶん須田さんは知らない。

私は必要以上に喜び過ぎないように気をつけながら、でも一方で、それを楽しみにする気持ちが少しでも伝わるように、「いいですね、主任とビッグスワン行くのめっちゃ楽しそう」とその誘いに乗った。

入社後の研修期間を経て、最初に営業部に配属されたときから、須田さんは私の教育係だった。須田さんが営業に行くとき、私は毎回必ずその半歩後ろをついて歩き、出先で須田さんが頭を下げれば私も慌てて頭を下げた。

企画書や見積書の作り方を教えてくれたのも、脈のない営業先での上手な話の切り上げ方を教えてくれたのも、みんな須田さんだった。

はじめはただの上司だった。仕事ができる人で、しかも優しそうな人でよかった、と思っただけだった。

「俺みたいなおっさんがさあ」

それが須田さんの口癖だった。「さっきの担当者は俺みたいなおっさんより、伊島さんのほうが話聞いてもらえそうだよ」とか、「俺みたいなおっさんじゃ、もう若い人たちの流行にはついていけないんだよな」とか。

でもまだ三十六、七の須田さんは「おっさん」と表現するには見た目も若く、肌つやもよく、本当はそんなつもりじゃないのにわざと自分を卑下していることが私にはすぐわかった。そしてそれは、ひとまわり年下の女性の部下に警戒心を抱かせないためだということも。

外回りの合間に、私たちはよく定食屋に入ってふたりでお昼を食べた。私が、自分で払います、と言っても、須田さんは毎回おごってくれた。おごられると気を使って逆に食べたいものを自由に選べないからちょっと微妙だったけれど、いかんせん安月給の身、昼食代が浮くのはありがたかった。

最初に須田さんのことを男性として意識したのは、一緒にお昼を食べるときの、ご飯の豪快なかきこみ方を見たときだった。私は、ご飯を美味しそうに食べる男の人が好きなのだ。

「主任って、めっちゃ美味しそうに食べますよね」

「そう? 自分じゃわからないな」

「これニンニクかなりたっぷりですけど、午後のアポ、大丈夫ですか?」

「いいんだよ。せっかくの昼飯だもん、好きなもん食いたいじゃん。伊島さんも好きなもん追加で頼んでいいよ」

「いや、私、ダイエット中なんで」


その年の夏、私たちはペアを組んで毎日一緒に外回りをした。

ただ、須田さんの作った企画書はすんなり通るのに、私の提案はまったく相手にされずに突き返されてばかりだった。

そんな私に、須田さんは粘り強くアドバイスをしてくれた。

「あまり根詰めないでね。提案を断られるなんて僕もしょっちゅうだから」

「はい……でも……」

「大丈夫だよ、場数をこなすうちに契約取れるようになるから。伊島さんに今足りないのは経験だけだから。あとはちゃんと相手の反応とか表情をよく見て、話すときはできるだけ丁寧に、自信を持って」

「はいっ」

私はすっかり須田さんのことを信頼しきっていた。そして同時に、好きになってもいた。

出先でふたりで食べるお昼は、私にとっては幸せな時間だった。須田さんがご飯をかきこむ姿をちらちらと見ながら、須田さんにはいつまでも独身でいてほしい、なんてことを思った。もちろん、私は実際にそれを口にしたり、そういう態度をおもてに出したりはしなかった。匂わせるようなこともしなかった。私たちの関係はあくまで仕事の上司と部下だった。

そもそもまだ入社二年目で世間知らずの、会社の売上にもまだろくに貢献できていない給料泥棒みたいな私のことを、須田さんが相手にしてくれるはずがなかった。


その夏に私が取れた契約は、結局、最初の一本だけだった。

私は須田さんの期待に応えられない自分が歯がゆく、もどかしく、悔しかった。だんだん、毎日顔を合わせることがつらくなってきた。

須田さんは休憩時間に喫煙室で、よく受付の水野さんという女性とたばこを吸いながら楽しそうに話しこんでいた。知らない話題で盛り上がるふたりの横を通り抜けながら、私は毎回、彼女に激しく嫉妬した。

もしかしてあのふたりは陰で付き合ってるんじゃないかとか、実は過去に関係があったんじゃないかとか、無駄に何度も勘ぐった。

会社を辞めたのは、何か特別な理由があったからじゃない。

私はなんでこんなに毎日つらいんだろうと考えたとき、仕事なんて今の会社にしかないわけじゃない、と思ったら少し楽になった。須田さんと一緒じゃなければこんなふうに胸を痛めずに済むと、ようやく気づいたのだ。

新しい職場で、私は恋人を作った。同い年の契約社員の人だった。

でも長続きしなかった。アルビの試合に誘っても付き合ってくれない人だったし、何より、その人のご飯の食べ方はちっとも美味しそうじゃなかった。ふたりで食事に出かけるたびに、私は須田さんのことを思い出していた。

今年、「ホームの神戸戦」が七夕の夜にあることは、J1の日程が発表されたときから知っていた。でもアウェイ側ゴール裏の自由席を買ったのは、ようやく、今週に入ってからだ。

イニエスタは神戸でのラストマッチをすでに終えているから、行ってもどうせイニエスタは見られない。あの約束はもう約束として成立していない。そのことはわかっている。それでもやっぱり私には、サッカー界のレジェンドより何倍も何十倍も、見たい人が、会いたい人が、いる――その気持ちを胸の中でちゃんと確かめるのに、時間と、勇気が必要だった。

会社を定時で出て、駅の南口からシャトルバスに乗った。

バスの中に、スタジアムの周辺に、グッズ売場に、入場列に、私はかつての上司の姿を探している。数えきれないほど追いかけて歩いたから、後ろ姿を見ればすぐにわかる。

でもその一方で私は、須田さんが大事な取引先との会食をいつも金曜の夜にセッティングすることも知っている。今日もおそらく、そうだろう。きっと駅前のどこかの料理屋で、あるいはこの季節なのでホテルのビアホールで。

でも――

「せっかくの七夕の夜だもん、仕事を忘れて好きなことしたいじゃん」

須田さんはそんな人だと思うのだ。

ビッグスワンに入場し、アウェイ側ゴール裏のスタンドを歩く。

一階席をぐるっと回ってから、スタンドの裏の通路に戻って、今度は二階席に続く階段を上がる。でもどこにも彼の姿はない。そうこうしているうちに通路からは人影が消え、キックオフの笛が聞こえてきた。

この音を、須田さんもどこかで聞いているだろうか。

それとも、あんな約束はとうに忘れてしまっただろうか。

スタンドに出てピッチを見下ろし、ひとつ息をついたときだった。生ぬるく湿った夜風が頬に触れた。

何気なく左右を見ると、少し離れた場所で、私と同じように試合とは別の何かを見ている男の人が、スーツのジャケットを手に立っている。

その人は今まさに、こちらを振り向こうとしている。

私だけベンチ

2023.7.7

MELANCHOLY OF THE RESERVE PLAYERS

The 20th section of the J. League Division 1
Albirex Niigata 0 - 1 Vissel Kobe

毎年一回、夏にアルビを見に行く。

それが、専門学校を卒業してからの私たち仲良し三人組——私とマコと大地の恒例行事だ。

「会社の取引先からチケットもらったんだけど、一緒に行かない?」

と最初に大地から誘われたとき、私もマコもサッカーになんてまったく興味がなかったので、「えー、そういうのは彼女さんと見に行けばいいじゃん」と言ってとりあえず遠慮したのだけれど、大地の彼女は私たち以上にサッカーに興味がなかったらしく、結局、そのチケットはめぐりめぐって、また私たちのところに回ってきた。

「いいじゃん、行こうよ」

「まあ、タダならいいよ。しょうがないな、付き合ってやろう」

興味がなくたって彼氏に誘われたらサッカーくらい普通、行くでしょ、と私なんかは思う。でもその彼女はそういう人ではなかったらしい。

専門を卒業したのが二十歳のときだから、以来、この集まりはもう十年続くことになる。

十年経ってサッカーが好きになったかといえば、そうでもない。ただ、アルビのことなら多少は詳しくなった。選手の顔と名前をそれなりにおぼえ、私もマコも自分なりの推しを見つけた。

私のお気に入りはというと、藤原奏哉だ。

ちなみに好きな男のタイプもこういう感じ。そして大地は、身長とか髪型とか顔の雰囲気が少々、というかかなり、背番号25の右サイドバックに似ている。

大地が今年手に入れたチケットは、七夕のヴィッセル神戸戦だった。

梅雨の蒸し暑い夕方、キックオフの一時間前に、私たち三人はいつもと同じカナールのすぐそばの駐輪場で待ち合わせをした。

おや、と最初に感じたのは、約束の十分前に私が着いたとき、いつもなら時間ぎりぎりにやってくる大地が「会社の人に車で送ってもらったから」とすでにそこにいて、学生時代から遅刻魔のマコもまた、もうその隣にいたことである。

「マコが早いの珍しくない？」

「もう三十だっけ。あーしもようやく大人になったたっつーか」

「そっか。成長、遅かったね」

「てか、今日わざわざこのために有休取ったんて。そんで時間あるから美容院行ったんだけど、思ったより早く終わったんさ」

言いながらかき上げるマコの髪はサラサラで艶がある。ぞんざいなしゃべり方に反してメイクもこころなし丁寧で、いつもよりもふんわりと、可愛らしい顔立ちに仕上がっている。

え、なんで？七夕だから？

「てかアルビやばくない？最近、全然勝ててないって噂あんだけど」

「でも先週、広島に勝ったよね？」

「うん、勝った。気持ち的にはこれでちょっと楽になったね」

そう言ってにっこり頬笑んだ大地は、手に提げていた仕事の鞄から会社の封筒を取り出し、中に入っていたチケットを私とマコに一枚ずつ配った。

「今年は二階席だけど、いいよね？」

「全然いいよ。どうか降格しませんように！」

私は願いごとの短冊に向き合うようなつもりで柏手を打ち、うやうやしくそれを受け取る。大地とマコがつられて笑う。

「あ、そっか、今日七夕だねー」

「俺は降格はないと思うな」

「だといいんだけど」

「てか、この場所めっちゃいい匂いしない？　まだ時間あるし屋台並ぼうよ。あーしケバブ！」

おもての屋台でそれぞれ好きなスタグルを買い求めてから、私たちはスタンドに入場した。マコはケバブサンド、大地はカレー、私はミーゴレンと牛串。牛串は半分、大地にあげるつもりで買った。

「私こんなに食べきれないから、大地、半分食べてよ」

「いいの？　じゃあもらう」

一度口をつけた食べものをこんなふうに男女でシェアできる仲のよさを、私はいつも幸せに感じる。恋人ではなかったとしても、友達以上の親密な関係じゃないとできないことだと思うから。
大地が学生時代から付き合っていた例のサッカー嫌いの彼女と別れたことは、今年の正月、三人でグループＬＩＮＥをしたときに知った。
《え、なんで？ むこうも結婚するつもりだったんじゃないの？》
《なんか、俺、結婚向きじゃないとか今さら言われちゃって……》
《まじかー、どんまい。合コン、セッティングしようか？》
《いや、しばらくそういうのはいいや》
つまり今、大地はフリーなのだ。
隣の席で串に刺さった牛肉を噛みちぎる男友達をちらちら見ながら、やっぱり一回部屋に帰って着替えてから来たほうがよかった、と私は少し後悔した。ノースリーブのキレイめ大人系でまとめてきた美容院帰りのマコと比べると、普段の会社帰りそのままのＴシャツジーパン姿の私はかなりみすぼらしい。
大地から女として見てもらいたい――そのことを思いながら、私は今夜、会社から自転車を漕いでここまで来た。くしくも七夕の夜だ。十年以上ずっと友情で結ばれていた男女が、年に一度のサッカー観戦をきっかけに――なんて。

でもその妄想を実現するのに、この格好では準備不足もはなはだしい。せめてこないだセールで買った可愛いサロペットでも着て来ればよかった。

そんなことをぼんやり考えながら、大地が半分食べた残りの牛串にかぶりつくと、キックオフの笛が吹かれた。

試合開始から数分で、私はまた、おやおや、と妙な空気を感じた。

試合を見ながら私があれこれ話しかけても、両隣に座るふたりの反応が今夜はやけに薄いのだ。

「大迫も身体強いけど、武藤もフィジカルかなり強いね」

いつもなら、「わかるぅ」とか「プレミアで揉まれてたもんなー」みたいなリアクションをくれるのに、どちらもまったく反応しない。

ミスからその大迫勇也に先制点を決められたときも、

「あー、何やってんの、もう」

と大きなため息をつく私の横で、ふたりは無言だった。マコも大地も、試合に全然集中していない感じがする。え、なぜ？

「ちょっと、ふたりとも試合ちゃんと見てる？　ほら集中集中！」

ハーフタイムに大地がトイレに立ったとき、マコが、あーしも、とそれを追いかけていって、私はスタンドでひとりきりになった。

トイレに行った友達を待つなんて毎回のことなのに、なぜだか今年に限ってはやけにさびしい。本当にその場にひとりで取り残されたような気分だ。

なんでだろう。どうしてだろう。

久しぶりのＪ１だから？　いや、それは関係ないよね。

でも明らかに、何かが、これまでとは決定的に違っていた。

先に戻ってきたマコに、私は思いきって訊ねてみた。

「ねえ、あのさ。何かあった？」

「へっ、何かって、何のこと？」

「だって今日、大地とマコ……」

「いや、別に。てか……、うん、普通だし……」

そう言って口ごもったマコは、足もとを見つめて数秒間沈黙すると、急にすっと背筋を伸ばし、今度はやけにさばさばした口調で言い直した。

「てか、なんかね、あーしら付き合うことになったかも」

「えっ、どういうこと」

「いや、うん、てか、そゆこと」

「……」

「こないだ、大地と一緒にじょんのび館に行ったんさ。そんとき――」


後半は私のほうが上の空だった。

試合を見ながら、まったくサッカーを見ていなかった。

なんだ、そういうことか。いつのまに。それならそうと最初から隠さず言ってほしかった。マコなんて完全にノーマークだった。

選手交代に気づいてはたと我に返ったとき、すでに恋人同士になりつつあるらしいふたりに挟まれて、私は、まるで自分ひとりだけがビブスを着てベンチに座らされているみたいだ、と感じた。

サッカーでは、試合終了までベンチに座ったままの控えの選手が、どの試合にも必ず何人かいる。サブの立場を受け入れてずっとベンチに座り続ける人がいれば、不遇に耐えきれずに出場機会を求めてチームを離れる人もいる。

私はいったいどっちだろう。

来年もきっと、大地はマコと私の両方をビッグスワンに誘ってくれるだろう。

そのとき私はまたふたりと一緒にここでサッカーを見るのか、それとも――

上位の神戸を相手に、アルビは惜しいチャンスをいくつも作った。

でも負けた。控えの攻撃の選手はみんな途中出場し、控えの守備の選手はみんなベンチのままだった。

「でもいい試合だったよね」

「後半はよかったよ」

大地とマコが言い合う。

「前半の谷口のシュートねえ」

「あれ決めてほしかったね」

「そう、あそこだよね」

「まあ神戸相手ならこんなもんでしょ」

その会話は、でももうカップルの馴れ馴れしさと甘ったるさを伴わずには私の耳に入ってこない。

試合後、スタンドをあとにして、ビッグスワンの外階段を下りたところで私はふたりから離れ、じゃあまたね、と笑顔で手を振った。

「え、うそ、もう帰るの? 飲んでいかないの?」

大地がひどく残念そうな顔をする。

「ごめん、私今日、急ぐから。用あって」

「えー、まじか。じゃ、そこまで送るよ」

「ううん、ここでいいから」

ちらりとマコの表情を窺うと、マコは気まずそうに私からさっと視線を逸らした。それは、私がこれまでずっと大地を好きでいたことを、今も好きなことを、絶対に知っている顔だった。

「じゃまた、来年もJ1で!」

女ふたりの微妙な空気の変化に気づかない大地が、朗らかに手を振る。

私はこれまでと変わらない友達の顔でそれにまた手を振り返しながら、頭の中で考えた。

もしアルビが今年最下位になってＪ２に降格したら、来年はこの集まりに誘われても「今年はＪ１じゃないから遠慮しとくね」とかさらっと言えるのに。てかもうまじで、落ちてしまえばいいのに。

でもそんなことを思った途端、私は、今年絶対にアルビは降格しないと確信できてしまうのだった。

TOKYO SEVENTEEN

2023.8.5

TOKYO SEVENTEEN

The 22nd section of the J. League Division 1
Nagoya Grampus 1 - 0 Albirex Niigata

新潟もひどく暑いが、東京はそれ以上に暑い。

おもてを歩けばビルの窓ガラスの照り返しがきつく、日陰に逃げこんでも風はなまぬるく、冷房の届かない地下鉄の出入口などまるでサウナのようである。これがいわゆるヒートアイランド現象というやつか。

千駄ケ谷駅で総武線の電車を下りた小雪は、今、赤いシャツを着たサポーターの後ろにくっついて、人いきれで熱気のこもるホームの階段を下っている。

来年の春に受験する大学のオープンキャンパスに参加するため、小雪は今日、ひとりで東京に出てきた。高校三年生の夏休みにふさわしいその立派な口実のおかげで、小雪の両親は、本当はそれがちょっとした「家出」であることにまだ気づいていない。

家出といっても、置き手紙を残したわけではなく、親の財布から現金やカードを持ち逃げしたわけでもない。最終的にはちゃんと家に帰るつもりだ。でも小雪にとってこれは、自分にできる精一杯の、正真正銘の「家出」なのである。

家出にはそれなりの理由がある。

夏がはじまる少し前、小雪にはじめての恋人ができた。

同じクラスの男子に自分から告白をしてＯＫをもらえたのだ。軽音楽部の森田くん。嬉しくて嬉しくて、小雪は真っ先に彼のことを両親に紹介した。

よかったね、と言ってもらいたかった。少なからず自慢したい気持ちもあったし、なにより早く彼と家族公認の関係になりたかった。

でも、父からも母からも思いがけぬ猛反対にあった。

「あんなのはだめだよ」

娘の恋心を踏みにじる父のその言い方に、小雪はひどく傷ついた。

「私もね、ああいうタイプの子はちょっとどうかと思う」

残念なことに母もまた父と同意見だった。

「彼氏っていうのはね、もっとちゃんと、いろんなことを考えて選ばないと。顔の好みとかそのときの勢いだけで選んじゃだめ」

ただ、母のその台詞に説得力はない。

母は若いときに一度、結婚に失敗している。好きな人と一緒になって小雪を産んだものの、小雪がまだ小さいうちに離婚したのだ。

両親は娘が連れてきた恋人に、娘の本当の父親の姿を重ねている。

ちょっときつい感じの目つきとか、言葉遣いが乱暴なところとか、行儀があまりよくないところが似ているらしい。あと眉毛が極端に細いところと、制服をだらしなく着ているところ。

でも小雪は彼のことが好きだ。カッコいいから。自分にだけ見せてくれる笑顔がたまらないから。それにときどき、すっごく優しいから。

「夏休み、一緒に東京行かない?」

小雪がそれを恋人に持ちかけたのは、もちろん、両親への反抗心からだった。オープンキャンパスが終わっても帰りの新幹線には乗らず、ふたりで東京で一泊するという大胆な計画だ。

父も母も激怒するだろう。でも構わなかった。もう十八歳になったし、来年の春には高校を卒業する。誰と付き合おうと、いつどこで何をしようと、もう私の勝手だということを勇気を持って示したかった。

小雪は改札を出たところで立ち止まり、大学の資料で膨らんだリュックの底からオレンジのタオルマフラーを取り出して首に巻く。

アルビの応援は小学生のときからやっている。母が再婚した年に、「新しいお父さん」との距離を縮めるために自らすすんではじめたのだ。

新しい父は、毎晩お酒を飲んで酔っ払ったり、急にテレビに向かって怒鳴ったり、家族に手を上げたりしない人だった。目つきは柔らかく、口調も穏やかで、いつもフレンドリーに話しかけてくれる。「優しい父親」というのが現実に存在することを、小雪は八歳ではじめて知った。

小雪はその優しさに応えたいと思った。父親から愛される娘になりたいと思った。新しい父は、アルビのサポーターだった。


「ねえ森田くん、東京行ったら、ついでに国立でアルビ見ない?」

オープンキャンパス当日の夜に国立競技場でアルビの試合が組まれていたのは、狙ったわけでもなんでもなく、ただの偶然だった。

両親――特に父親にひどく腹を立てていた小雪は、これはちょうどいい機会だと思った。これからはもう父となんてサッカーを見てやらない。アルビが見たいときは森田くんと一緒に行く。そのきっかけとして、今回はぜひ、彼にサッカー観戦の楽しさを経験してもらえれば、と。

ところが今朝、新潟駅でいくら待っても、待ち合わせの改札に森田くんはやって来なかった。新幹線の発車時刻が迫ってきたので小雪が焦って電話をすると、彼はまだ半分寝ているような声で出て、言った。

「あー悪い、俺さ、今日バイトのシフト入ってて」

小雪は薄々感じていた。期待するほど、自分は彼に愛されていないことを。そして本当はずっと目を背けたままでいたいその事実に、おそらく近いうち、自分がひどく苦しむであろうことを。

人波に流されるまま駅前の信号を渡って歩くと、いきなり目の前に国立競技場が現れた。東京五輪の前に新しく生まれ変わったそのスタジアムは、デザインがとても洗練されていて、やっぱり東京は違うな、と小雪は感心した。

入場口を通るとき、一度ゲートの前で足を止め、スマホでちらりと時刻を見てから、小雪は自分の気持ちを確かめた。両親との約束では今、小雪は東京駅にいることになっている。新幹線に乗ったら母に連絡することになっている。これから試合を見るということは、今夜は家に帰らないということだ。

今ならまだ引き返せる――駅に戻ってもう一度同じ電車に乗れば、何事もなかったように今夜中に新潟に帰れる。

でも、それは悔しかった。いろんな意味で悔しかった。

その悔しさを振り払うために、小雪はスマホの電源を思いきってオフにした。

父も母もそろそろ心配しはじめるだろう。でも、そんなのは知らない。だってこれは家出なのだ。たとえ森田くんが隣にいなくても、私は私が決めたとおりに私の人生を生きたい――

今回小雪が買ったチケットはバックスタンドの指定席で、見渡すと周囲は想像していた以上に赤いシャツの観客だらけだった。入場口で配布された袋にはスポンサーのチラシと一緒に気前よくグランパスのレプリカシャツが入っていて、みんなそれを着ているのだ。

小雪は自分ひとりだけがオレンジのマフラーを巻いていることに気づき、急に心細くなった。ここは東京とはいえ、今回はグランパスのホーム扱いの試合で、アルビサポーターの小雪にとっては完全なアウェイなのである。こんな場所でこんな格好をしていたら、煙たがられるに違いない。

森田くんにサッカーを楽しんでもらおうと思って、できるだけ落ち着いて観戦できる席を選んだつもりが、これは完全にミスってしまった――

でも、身を縮めるようにして席につき、ふと顔を上げたとき、小雪のその不安はいっぺんに吹っ飛んだ。

ピッチを挟んで斜めむこうのスタンドが、見事なまでにオレンジで染まっていたのだ。それもアウェイサポーター用に区切られたわずかな一角だけではなく、アウェイ側のゴール裏全体が、二階席までしっかり、みっしり、広範囲に渡ってオレンジ一色だったのだ。それはまるで無数の小さなオレンジの粒が、巨大なオレンジの塊となってスタンドからせり出しているようだった。

その迫力に、小雪は思わず、うわあ、と声を漏らした――これ、ビッグスワンよりすごいかも――と感動した。

この光景を森田くんと一緒に見られたら最高だったのに――

でも、そう思って途端にせつなくなった。

ちゃんと約束したのに。前の夜もＬＩＮＥして確かめたのに――

悔しい。腹が立つ。胸の中がもやもやする。

森田くんが来てくれなかったこと、父も母も交際を認めてくれないこと、今、アルビサポに心を動かされていること。それに加えて、大学のキャンパスを歩いて受験への緊張感が高まったこと、東京でのひとり暮らしが楽しみな反面ちょっと不安でもあること、いつか森田くんと別れなきゃいけないこと。いろんなことが頭の中で交じり合って、小雪は今の自分の正直な気持ちがよくわからない。

そのもどかしさと関係があるのかないのか、目の前の試合もまた、やけにもどかしい内容だった。序盤にあっけなく失点したアルビは、グランパスの堅い守備に苦しみ、なかなか反撃できずにいた。暑さのせいか、汗まみれの選手の動きはいつもよりも重たく見える。

後半、アルビは不用意なファウルで相手に与えたＰＫのピンチを、小島亨介の見事なセーブでなんとか切り抜けた。よし、と膝の上でこっそり拳を握ると、周囲のところどころから拍手と歓声が聞こえてきた。どうやらこのエリアにはアルビサポーターが他にもちらほら隠れているらしい。

小雪はふと、父も今のシーンを家のテレビで見ただろうかと思った。小島亨介は父のお気に入りの選手なのだ。

「いつ代表で試合に出てもおかしくないんだけどな」

父はいつもそう言っては、よく首を傾げている。

試合の入場者数がアナウンスされたとき、小雪はまた、うわあ、と声を上げた。大型スクリーンに表示された「57058」の数字に釘づけになる。

六万人近いスタジアムなんて、これまで経験したことがない。

「いつか小雪に、四万二千人の満員のビッグスワンを見せてやりたいよ」

それは、小学生のときから数えきれないほど聞かされてきた父の台詞だ。

(ねえお父さん、五万七千人だって。すごくない?)

小雪は心の中で父に話しかける。そして隣の空席をちらりと見て、森田くんではなく、やっぱり今、ここに父にいてほしい、と素直に思った。

に、い、がた、レッツゴー
おっおー、おれたちのにいーがた
に、い、がた、レッツゴー
おっおー、おれたちのほこりにいがたー

これまで父と一緒に歌ってきたチャントが、日本サッカーの聖地・国立に響き渡る。スタジアムの構造のせいだろうか、いつもの歌なのにいつもより声が大きく聞こえる。小雪の耳には、父の声も聞こえる。

きっと父は今、東京に行ったまま音信不通になった娘のことが心配で心配で、小島亨介の神セーブを喜ぶどころではないだろう。

試合が終わる前に小雪は席を立ち、スタンドをあとにした。

スマホで検索したところ、千駄ケ谷駅で21時12分の電車に乗れば最終の新幹線に間に合うことがわかったのだ。

新潟駅着は23時52分。家に帰ったらきっとめちゃくちゃ怒られる。

実際、スマホの電源をオンにしたとき、
《帰りの到着時間は？》
《もう新幹線に乗ったの？》
《駅まで車で迎えに行くから、とにかく連絡しなさい。心配してます》
両親からのＬＩＮＥと不在着信が通知を埋め尽くしていた。
とりあえずはそれに返信すべきなのだろう。でも、小雪にそんな余裕はない。
もうすぐ発車時刻だというのに駅の方角がいまいちよくわからないのだ。
マップアプリで現在地を確かめる。汗が噴き出る。
でも怒られたら開き直って、アルビを見てた、と堂々と言ってやろう。
そして父に五万七千の国立を自慢してやれ。そう、リュックの中に押しこんだ
グランパスの赤いレプリカシャツが、私からの東京土産だ！
それを受け取るときの父の表情を想像したらなんだか可笑しくて、あまりにも
可笑しくて、小雪はにやにや笑いながら髪を振り乱し、灼熱の東京の夜を全力で
走った。

C
A
N
D
Y

2023.8.12

SUGAR FREE HARD ORANGE CANDY

The 23rd section of the J. League Division 1
Albirex Niigata 2 - 2 Shonan Bellmare

駅に向かう大通りが少し混んでいる。

ドライバーの若い男の子が、ち、と舌を鳴らして軽くブレーキを踏んだ。

「アルビがある日はまじで運転したくねーんだよな、この道」

口の中で飴を転がしながらぶつくさ言う。どうやらビッグスワン帰りのサポーターを乗せたバスが前に割りこんできたらしい。

「かれんちゃん、エアコン弱くしていい？　暑い？」

「暑くはないけど、汗かくのはやだ」

後部座席の私が答えると、男はエアコンのつまみに伸ばした指を引っこめ、俺、喉が弱いからエアコン苦手なんだよねえ、と恨めしそうにまた舌打ちをした。

「まあいいよ。かれんちゃん、大事な商品だし」

斜め後ろから見える男の横顔はまだかなり子どもっぽい。二十歳くらいだろうか。なのに何様のつもりか、さっきからこの男はずっとため口で、しかも私のことをちゃん付けで呼び、あろうことかモノ扱いまでしている。

説教してやりたい。でも半月ほど前にドライバーとして新しく採用されたこの男の名前を、私はもうとっくに忘れてしまっている。

「ちょっと近道すっから」

男が言うと同時に私の身体は大きく左に傾き（交差点を右折したのだ）、次の瞬間、前につんのめった（ブレーキを踏んだのだ）。

見ると、すでに赤に変わった歩行者用信号を、オレンジのシャツを着たサポーターらしき老夫婦がひょこひょこ手刀を切りながら小走りで横切っている。

「ったく、赤なのに渡んじゃねえよ、くそじじい。アルビまじだりい」

私はそれについては何もコメントせず、音量オフのスマホでネットニュースを眺めるふりをしながら、そのだるいアルビの今夜のゴールシーンをこっそり見返している。湘南に二点ビハインドの後半、高木善朗の連続ゴール。

頼もしい男が、ようやく本格的に怪我から復帰した。

今夜の最後の予約は、山本さんだ。

私のお客さんに山本という名前の人物はふたりいる。

駅近のビジネスホテルということは――私はすぐ、あの山本さんだ、とぴんときた。あの山本さんが呼んでくれるのはいつ以来だろう。アルビがまだJ1にいたときだから――もう五、六年も経つのか。

山本さんはおそらくサッカー関係者だと、私はそうふんでいる。

理由はいくつかある。予約がいつもビッグスワンで試合のある夜であること、身体が細いくせに筋肉質で、しかも上半身よりも下半身のほうが鍛えられていること――太腿とふくらはぎが特に。たぶん学生のときにサッカーをやっていたのだ。あとは、いつも穿いている下着がサッカーで有名な海外のスポーツメーカーのものであること。

サッカーに関する仕事にどんなものがあるのか知らないけれど――例えばメディアの人とかだろうか――アルビの試合のある日に限って駅前のホテルで一泊する出張なんて、サッカー関係者以外にあり得ない気がする。

「あ、やっぱりこっちの山本さんだった」

ホテルの部屋に入ってすぐ、久しぶりに見る顔に私は言った。

「俺のことおぼえててくれたんだ」

「もちろんおぼえてるよ」

前はたしか四十代の半ばと言っていたから、もう五十を過ぎているだろうか。山本さんは私の記憶の中の山本さんよりも少し老けて見えた。髪にはだいぶ白いものが交じって、生え際も以前より後退したみたいだ。目元にも加齢を感じる。そして左手の薬指に指輪のあとがある――前からあっただろうか――でも彼が既婚者かどうかなんて、私にとってはどうでもいい。

「もう呼んでくれないかと思った」

甘えた声で身体を寄せると、山本さんは腕を広げ、私を優しく抱きとめた。

ひと通りのサービスを終えると、山本さんは部屋の冷蔵庫から缶ビールを二本取り出してプルタブを開け、一本を私に差し出した。

「かれんちゃん、帰りって車の運転しないよね?」

「うん、お店の人がアパートの近くまで送ってくれるから大丈夫」

「じゃあ乾杯」

「うん、かんぱーい。でも何に？」

「再会でしょ」

「あ、そうだね。山本さん、新潟来るの久しぶり？」

「六年ぶりくらいかな。駅の様子がだいぶ変わっててびっくりした」

やはりそうだ。アルビがJ2のあいだは来なかったのだ。

「混んでた？　あ、今日もしかしてアルビの試合？　結果どうだったんだろう」

ビールをひとくち飲んでから、私がそう言ってかまをかけると、

「引き分けだよ。湘南と、にーにー」

山本さんは拍子抜けするほどあっさりと答えた。

「ねえねえ、あのさ、山本さんて、仕事、サッカーの関係じゃない？　だっていつも呼んでくれるの試合の夜だし、アルビがJ2に落ちてからは一度も呼んでくれなかったし。ね、そういう仕事してんでしょ、J1だから来たんでしょ、六年ぶりってそういうことでしょ」

「そういうの、お客さんに訊くかな」

「訊いちゃ悪かった？」

こういうとき、絶対に素性を明かさないお客さんがいれば、素直に、うん俺、飲食やってる、とか、トラックやってる、と答えてくれるお客さんもいる。

「ノーコメント」

山本さんは前者だった。私はそれを無視して、

「誰が点取ったの?」と訊ねた。そのしつこさに山本さんが苦笑いする。

「高木善朗。二点目も高木善朗」

サッカーを知らない人が高木善朗のフルネームを連呼することはまずない。

山本さんはあきらめたような顔で続けた。

「今日の引き分けはでかいよ。アルビはたしか次は福岡で、そのあとが鹿島、浦和だろ。横浜FCとの試合はまだ残ってるけどさ、今年のアルビは下位に取りこぼすし、実際、アウェイで負けてるしね。今日ホームで湘南に負けたら、けっこう尻に火がついていたと思うよ」

「私もそう思う。雰囲気悪くなってたよね。最近あんま点取れてないし」

「てか、かれんちゃん、アルビ好きなんだ」

「うん」

「なんだ。じゃあ前もサッカーの話、できたんだね。あ、昇格、おめでとう。乾杯するならむしろそっちか」

山本さんが言い、私は自分の缶を山本さんの缶にもう一度ぶつけた。

「でもいいタイミングで昇格したよね。今年は降格が一チームだけだから」

「もし降格したら、私、また山本さんに会えなくなる?」

山本さんはそれには答えず、

「そういえばさっき、こっちの山本さん、って言ったけど、他にも山本さんっているの? ま、偽名によくありそうな名前だけど」

ちょっと悔しそうな顔でそう言い、缶ビールで冷えた手で私の頬に触れた。


もうひとりの山本さんは、十年と少し前、私がこの仕事をはじめたばかりのときにお客さんだった人だ。だいたい月に一度の頻度で私を呼んでくれていた。

ひとまわり上の会社員で、背が低く、眼鏡をかけていて、独身で、おとなしそうな性格で、肌が子どもみたいにきれいな人だった。常連なんてまだほとんどいなかった私にとって、彼は大切なリピーターさんだった。

山本さんが私を呼ぶのは、いつも短い時間だった。でも一度だけ、珍しくかなり長い時間の予約を取ってくれたことがあった。待ち合わせ場所はいつも使うホテルの部屋ではなく、近くのコンビニの駐車場だった。

「かれんちゃん、お昼まだだよね。何か食べたいものある?」

私が思いつきでラーメンと答えると、山本さんは、寿司とか焼肉でもいいのにと笑って、私をラーメン屋に連れて行ってくれた。

一緒にラーメンをすすって、それから鳥屋野潟のそばのホテルに入った。

「今日は仕事しないで、僕と一緒にサッカー見てほしいんだけど」

部屋に入ると山本さんはそう言って、テレビを点けた。アルビの試合だった。

「いいけど、私、サッカー全然詳しくないよ」

「一緒に見てくれれば、それでいいから」

「山本さん、アルビ好きなんだ」

「うん」

ハーフタイムのとき、コンビニで調達したお菓子をぼりぼり食べながらふたりでどうでもいい世間話をしていたら、山本さんはうーんと背伸びをして、

「あー、彼女が欲しい」と冗談ぽく、でも切実な感じで口にした。

「作ればいいじゃん」

「簡単にそう言うけど、僕、これまで人生で一度も彼女ができたことがなくて。恋人と一緒にビッグスワンにサッカーを見に行くのが夢なんだよね」

「え、その夢、小さすぎない? そんな夢、山本さんならすぐ叶えられるよ」

お世辞でもなんでもなく私はそう思った。山本さんは見た目がちょっとオタクっぽいけれど、会話は普通にできるし、服は清潔だし、収入もまあよさそうだし、選り好みをしなければ恋人なんて本当にすぐできそうだった。なんなら山本さんに合いそうな知り合いの子を紹介してあげたいとさえ思った。

「山本さん、普通に素敵だよ。もっと自分に自信持ちなよ」

でも、私の目の前の山本さんと、本当は山本さんではない普段の山本さんは、まったく別の人間なのかもしれない。

試合が終わると(アルビが勝ったどうかはまったくおぼえていない)、山本さんはテレビを消してベッドの上に正座し、丁寧に私に頭を下げた。

「一緒にサッカー見てくれて、ありがとう。いい思い出になったよ」

「思い出とか大袈裟だな。彼女さんと見る前に私とサッカー見ちゃったけど、テレビだからいいよね。ちゃんと彼女作って、ビッグスワンで夢叶えなよ」

私がそう言ってハグをしようと近づくと、山本さんはさっと身体を引いて、

「いや、僕、そうじゃなくて、かれんちゃんと一緒に——」

小さな声で口ごもり、それから、

「あ、いや、ごめん」

とよくわからない謝罪をした。

「今の、なし。聞かなかったことにして」

部屋を出るとき、山本さんは私に名刺をくれた。

そこには新潟に住んでいれば誰でも知っている有名な会社のロゴマークが印刷されていて、しかも「山本」は本名だった。総務人事課、主任。裏面の余白には山本さんの携帯番号とSNSのアカウントがボールペンで書かれていた。

「たまにつぶやいてるんで、よかったらフォローしてください」

「あ、うん。するする」

「じゃ、また来月も予約するね」

「うん、また会おうね」

でも、私は彼のアカウントをフォローすることも、番号を自分のスマホに登録することもなかった。そして山本さんの予約は、それ以降、一度もなかった。

山本さんは微妙な愛の告白だけして、私の前から姿を消した。

あーあ、貴重なリピーターがいなくなっちゃった。お客さん減っちゃった。

山本さんの予約がなくなって、そのとき私はただ、そう思った。そう思っただけだった。なのにそれからというもの、日常生活でアルビに関する何かしら――オレンジのユニフォームとか車に貼られたステッカーとか、いたるところで見かける派手なポスターとか――を目にするたびに、私は、山本さんどうしてるかな、と考えるようになった。

そしていつのまにかアルビの試合結果を気にするようになり、ときどきスマホで試合を見るようになり、今では毎試合欠かさず、仕事の合間にハイライト映像と順位表を確かめている。サポーター、というほどではないけれど、ずっとアルビのことを気にかけている。

私を呼んでくれるお客さんの中には、サッカーが好きな人もいて、サッカーの話題で盛り上がることも多い。アルビの話がしたくてわざわざ私を指名してくれる人もいる。彼らに言わせると「まともにサッカーの話ができる女の子ってすごく貴重」なのだそうだ——かなり年配のお客さんから「あんたが嫁だったらなあ」と吐き気がするほど気持ち悪いことを言われたこともある。

おかげで、私は三十を過ぎてもこの仕事をやれている。常連も多い。

「来年も呼んでもらえるように、アルビ、もっと応援しなくちゃ」

帰り支度をしながら私が言うと、またその話か、と山本さんは笑った。

「そんなに俺の素性を知りたいの?」

「ごめん。私もこういう仕事してるから、これ以上はしつこく訊かないよ」

「まあ、また会おうね。ビッグスワンで試合がある日の夜に」

「うん、よろしくね」

そう言って笑顔を作りながら、気持ちが重たくなる。山本さんがまた呼んでくれたとしても、私はもう二度と、この人と顔を合わせることはないだろう。

この業界での私の仕事は、今夜が最後——ついに親にばれてしまったのだ。

おととい電話がかかってきて、明日、私は実家に顔を出さなければならない。

両親には、もうこの仕事はやめたと言うつもりだ。三十を過ぎたいい大人が、自分の選んだ職業のことで親に謝る必要があるのかどうかはわからないけれど、それで親の気持ちが収まるのであればいくらでも頭を下げようと思っている。

山本さんの部屋を出て、ホテルの廊下を歩き、エレベーターに乗りこんだとき、正面の鏡に自分の顔が映った。

私の顔は父親似である。歪んだ薄い唇に、苦虫を噛みつぶしたような父親の顔が重なった。高校卒業以来、私は正月くらいしか実家に顔を出していない。十代のときからずっと折り合いの悪い父親とは、もう長いことまともに話をしていないし、ろくに顔を合わせてもいない。

ホテルを出ると、迎えの車が少し離れた路肩に停車していた。

後部座席のドアを開け、おつかれーとドライバーの男に声をかける。

うーす。その軽い返事を聞いて、私は思い出した。あ、この子、名前、松村だ。松村くんだ。そうだ、店長がまっちゃんと呼んでいた。

「ねえ、松村くん」

車が発進するのを待ってから、私は声をかけた。誰でもいいからしゃべりたい気分だった。

「は?」

「こういう仕事してるとさ、嫌なお客さんもいっぱいいるけど、逆もいるよね」

「だから、こういう仕事をしてるからこその出会い、ってのもあるよね。会えてよかったと思える人とかも、たまにはいるんだよ」

「何言ってんの?」

「今日のお客さん、久しぶりに会う人で」

「あ、そっか。かれんちゃん今日で最後だもんね」

「え、ちょっと待って。なんで松村くんそのこと知ってんの? 店長には口止めしといたはずだけど」

「親バレしたらしいじゃん」

「うわ、店長最悪。何その、この業界の人とは思えない口の軽さ」

「そんなもんでしょ」

松村の癖がうつったのか、つい、ち、と舌打ちをしてしまう。

帰りの道路は空いていた。遅くまでビッグスワンに残っていたのだろうか、あるいはどこかで一杯ひっかけてきたのだろうか、オレンジのユニフォームを着た中年の男がドンキの前の歩道をひとりでゆっくり歩いている。

「なんか、めっちゃいい顔してたね、今の人。見た?」

松村が言う。すれ違ったとき、確かに男は笑っていた。

「うん、私も見た」

「たぶん、負け試合を引き分けに持ちこめて嬉しいんだろーね」

「それか高木善朗のファンなんだよ。って、あれ? 松村くん詳しいね」

「さっきまでかれんちゃんが出てくるの待ちながら、車ん中でハイライト見てたから。てか、かれんちゃんもよく知ってるね、高木善朗」

「好きだもん。巧いし、カッコいいじゃん」

「俺、実は昔、アルビのサポーターやってたんだよ」

「昔っていつよ? あんたまだ二十歳くらいでしょ」

「いやもう二十七」

「え、うそ。老けてんね」

「うるせーよ、そっちも三十路のばばあでしょ」

「背中、ヒールで蹴るけどいい？　たぶんめっちゃ痛いよ」

「やめて。まじやめて。でも昔も今みたいなサッカーしてたら、俺、サポーターやめてなかったな。最近、すげえいいチームだよね？」

「うん、アルベル来てから変わったね。松村くんはいつまで応援してたの？」

「中学、つか高校入るくらいかな。だから十年くらい前？　計算苦手だからわかんないけど。十年前、かれんちゃん何してた？　あ、もしかしてまだ学生？」

「十年前はさすがにもう学生ではないな。この仕事はじめて二、三年？」

「なんでこの業界入ったの？　お金？」

「まあ、そりゃね。けっこう稼げたし」

たしかに、最初はお金が欲しかった。実家がすごく貧乏だったから学費も生活費も、友達と遊ぶお金も、手っ取り早く稼ぐには、この仕事がいちばんだった。若いというだけでそれが武器になった。今もやっぱり、お金が欲しい。

でもお金のためだけに、この仕事を続けてきたわけではない。言葉ではうまく説明できないけれど、私はこの仕事がそれほど嫌いじゃない。けしていい仕事ではないし、人に誇れる仕事でもない。自分からは口にしたくもない。だけどこの十年の私を、私は誰にもけなされたくないと思う。

明日、両親の前では、悪い男に騙されてこの仕事をやらされていた、ということにするつもりだ。でもだからといって、私はこの十年間の自分を否定したり、なかったことにするつもりはない。ただ、口にするといろんなことが面倒くさいから、他人の前では秘密にしておくだけだ。

おとといの電話は、母からかかってきた。

母は冷たい声で、話があるからちょっと帰ってきなさい、と言った。仕事が忙しいから無理、と私が断ると、だからあんたのその仕事の話なんじゃないの！ と金属みたいなきーんとした声でわめかれた。

電話切らずに待ってなさい、今、お父さんと代わるから。

そう言われて私は身構えた。十代の頃みたいに、また鼓膜が破れるほどの大声で怒鳴られると思った。でも違った。電話に出た父はひとこと、かな子、すまんかった、と静かな声で言った。数秒のあいだ沈黙が流れ、電話は切れた。

「あ、店長からＬＩＮＥ来てた。今日はこのままかれんちゃん、部屋に送ってやれってさ。なんだよ早く言えよ。道、引き返さなきゃじゃん」

「私、挨拶とかしなくていいのかな。この店けっこう長かったんだけど」

「いいんじゃやない。店長、去る者には厳しいから」

ふんと鼻を鳴らし、明らかに法令違反のＵターンをすると、松村は、これ、俺からの餞別ね、と言って、残り少ない飴の袋を後ろに投げて寄越した。

「ノンシュガーだから安心して。俺さ、こういうの買うときいつもオレンジのやつ選んじゃうんだよね」

「ビタミン系が好きなんだ」

「ちげーよ、アルビだよ。サポやってた、つったじゃん」

私は声に出さずに、は、と口を開けて笑った。

「あ、それわかる、ついオレンジのもの選んじゃうの」

ひとつ取り出して、包装を破り、口の中に放る。人工的なオレンジの甘い味が広がる。歯にぶつかってからから音がする。

「かれんちゃん、元気でね」

「その名前、もう私じゃないけど」

「だって本名知らないし」

「かな子」

「へえ。つか、だったら俺も名前違うんだよね。さっきから松村って言ってっけど、俺、村松だから。逆ね、逆」

「あ、ごめん。そうなんだ」

「ま、どうでもいいけど」

「どうでもいいね」

引き返す道で、さっきのサポーターの男を追い越した。

正面から通り過ぎたときはわからなかったけれど、彼が着ているユニフォームの背番号は、やっぱり、33だった。

2023.9.2

TRIANGLE

The 26th section of the J. League Division 1
Albirex Niigata 1 - 1 Urawa Reds

それは春のある日の放課後だった。

学校帰りに宿題の忘れ物に気づいて慌てて教室に戻ると、今年から同じクラスの吹奏楽部の中村亜弥が、窓辺に立ってひとり静かに黄昏れていた。

僕が教室に入ったことにまったく気づかず、サッカー部が練習しているグラウンドをじっと見つめていたから、僕は最初、サッカー部の中に誰か好きなやつでもいるのだろうと思った。

僕が机の中をごそごそやりはじめると、彼女はようやく振り返り、あ、小瀬くん、と口を開いた。

「忘れ物?」

「うん、現文のワーク忘れちゃって。中村さんは何してんの」

とくに知りたかったわけではないけれど、僕は訊ねた。

「誰か見てんの?」

「ううん、べつに。私、サッカー見るの好きなんだよね」

「へー、意外。Jリーグなら僕も見るよ。明日、アルビ行くし」

「え、本当? 私も明日行くよ」

「うそ、まじで?」

それがはじまりだった。ただの同級生のひとりだった中村さんとの友情のはじまりであり、僕にとっては、恋のはじまりでもあった。

中村さんは普段、アルビサポのお父さんと一緒にビッグスワンに通っているらしい。でもそれ以来、お父さんが仕事で忙しくて行けないときは、僕に声をかけてくれるようになった。

「小瀬くん、今週行く? 私、ひとりだから一緒に見てもいい?」

ふたりでビッグスワンに行くときは、それぞれ自転車で現地集合し、そのまま現地で解散する。できることなら一緒に行き帰りしたかったけれど、中村さんの家は東区で僕の家は西区——彼女は空港の近くで、僕は工業高校の近く——と、残念ながら完全に逆方向だった。ふたりで同じ方向に自転車を走らせる不自然ではない理由を、僕はいくら考えても思いつけなかった。

観戦中、ふたりでアルビの話で盛り上がるのかといえば、そうでもない。というか会話なんてほとんどない。

点が決まったときだけ二言三言、ゴールの感想を交わす程度だ。

「じゃあまた月曜に学校で」

「うん、またね」

試合後もあっさり別れる。これまで三回、そんなふうに僕と中村さんはビッグスワンで一緒にアルビを見た。

「アルビ友達」になった僕らは、でも教室の中では以前と変わらず、あまり関わり合うことはなかった。そもそも友達のグループが違うし、席も離れていた。

ただ、一緒に見られなかった試合の次の月曜の朝だけ、登校すると、彼女のほうから何気ないアイコンタクトがある。

(勝ったね)

(うん、勝ったね)

彼女のその一瞬の笑顔が楽しみで、僕はこれまでよりアルビの応援に熱が入るようになった。苦手だった月曜日が好きになった。

転校生の鍋谷がクラスにやってきたのは、八月の終わり、夏休み明け最初の登校日だった。

Kポップ風のセンター分けツーブロックの、背の高い男が黒板の前に立ち、

「横浜でサッカーやってました」

と自己紹介したときから、僕は嫌な予感がしていた。

窓際のいちばん後ろの誰も使っていない机が彼の席になり、隣が中村さんの席だったことで、もっと嫌な予感がした。

「あのさ、鍋谷くんも土曜日のレッズ戦、一緒に行きたいって」

中村さんからそう言われたとき、僕は、

(絶対断って!)

そう心の中で叫んだ。でも実際はへらへら笑って鷹揚に頷くしかなかった。

当日、ビッグスワンでいつものように待ち合わせると、中村さんは自転車ではなく、鍋谷と一緒に歩いてやってきた。

「鍋谷くんち、松浜のほうでけっこう遠いんだって。行き方がわかんないっていうから、駅から一緒にバスで来たよ」

言い訳するみたいに話す中村さんの表情が、なんだかいつもとちょっと違う。

バスの中の会話の続きだろうか、鍋谷が何か冗談を言い、中村さんが笑った。

その冗談の内容が僕にはさっぱりわからない。

「ここがビッグスワンか。いっぱい客入ってんな」

「鍋谷くん、横浜だったら、マリノスの試合とか行ってた?」

「日産スタジアムはよく行ったよ。三ツ沢もたまに。こないだシティが来たときは国立も行ったし」

「シティ?」

「マンチェスター・シティ。プレミアの。世界最高峰のクラブ」

中村さんが「へー、すごーい」と目を輝かせて鍋谷を見上げる。なんだそんなことも知らないのかよ、という顔で、鍋谷がちらりと僕のほうを見た。シティくらい知ってる。でも僕はうまく言い返せない。

試合は三人で並んで見た。中村さんを真ん中にして、左右に僕と鍋谷。

鍋谷はサッカーをやっていたというだけあって選手やプレーについての知識が豊富で、試合中、中村さんにいろいろと話しかけていた。

「アルビの松橋監督は昔、マリノスにいて」

「へー、そうだったんだ」

「育成とかもやってて。長津田にいる俺の友達の兄ちゃんが教えてもらったことあるらしいんだよな」

「え、すごーい」

鍋谷の話は、戦術や技術論、サッカーのセオリーにまで及ぶ。

「ポゼッションの基本はトライアングルを作って常に複数のパスコースを作ることで、ほら、今、8番がボール持ったとき、周りの選手が動いて三角形作ったじゃん。あれを繰り返してボールを前に運んでいくっていうね」

「あ、ほんとだ。へー、鍋谷くんと見てるとすごい勉強になるねー」

僕は、だよね、と中途半端な笑顔で頷きながら、いけすかない転校生に心の中で毒づいた。

（8番とか数字で言うなよ。高宇洋、とちゃんと選手の名前で言えよ！）

「鍋谷くんはサッカー部入らないの？」

そういえば、という感じで中村さんが訊ねた。

「いやー、最初そのつもりだったんだけど、この高校、レベルどうなんって思って。でもそろそろ練習、参加してみようかな。俺が入部したら、試合のとき応援来てくれる？」

「うん、行くよー、もちろん」

（それたぶん土日だよな。じゃあアルビの試合と丸かぶりだよな……）

「亜弥もさあ、サッカーが好きならマネージャーやればいいじゃん」

（えっ、嘘だろ、中村さんのこともう下の名前で呼び捨て⁉）

「えー、でもー」

中村さんは困ったようにもじもじしながら、でも表情はまんざらでもなさそうである。

その先の会話を聞きたくなくて、僕は試合中なのにトイレに立った。おかげで大好きな小見洋太のＪ１初ゴールを見逃してしまった。

帰りも中村さんと鍋谷は仲よさそうにふたり並んでシャトルバス乗り場のほう

に歩いていった。鍋谷がまた何か冗談を言い、中村さんがけらけら笑いながら彼のたくましい腕に触れる。見ていられなかった。

僕が帰りの自転車を漕ぎながら感じていた屈辱は、アルビが試合に勝てなかった悔しさの比ではなかった。


その翌週、鍋谷は正式にサッカー部に入部した。

休み時間、彼の周囲は運動部の男子で賑やかになり、中村さんも隣の席からときどきその話の輪に加わるようになった。しかもすごく楽しそうに。

ようやく残暑が落ち着いてきたある日の学校帰り、また忘れ物をとりに僕が放課後の教室に戻ると、中村さんが窓際で楽器の手入れをしながら、いつかのようにグラウンドを見下ろしていた。

彼女の視線の先に誰がいるか、それを知りたくはなかったけれど、そのことに触れずに立ち去るのもそれはそれで悔しくて、僕は彼女に声をかけた。

「鍋谷くん、サッカーしてる?」

「うん、いるよ。けっこう上手いよ。トップ下でプレーしてる」

「ほんとだ」

「左利きみたい」

「そうなんだ、へえ」

「ドリブルとかめっちゃ上手い」

「ふうん」

「今度の土曜日に大会あるらしいんだけど、いきなりスタメンで出してもらえるんだって。すごいよね」

「すごいね」

「あ、小瀬くんって、土曜ひま?」

「え……あ、まあ」

一緒にサッカー部の応援に行こうと誘われたら、今度こそ絶対に断ろう。僕はぐっと奥歯を噛みしめ、そう決めた。

でも、彼女の誘いはそうではなかった。

「横浜FC戦、行く?」

「え?」

「土曜日、ビッグスワン」

「え、でも中村さん、サッカー部の試合、見に行かないの？」

「私？　私が行くわけないよね。部員じゃないし。なんで関係ない私が行くの？　それよりアルビ見ようよ」

「……え、でも鍋谷くん」

「だから鍋谷くんはその日は部活の試合でしょ。ていうか、あの人、ちょっとうるさい。私、アルビはやっぱ小瀬くんと一緒に静かに見るのが好き」

「……」

「土曜日、何か用あった？」

「あ、ううん。ない。行くよ」

「よかった。じゃチケットはちゃんと自分の分、買っておいてね」

そのとき、うえーい、と図太い声が窓の外から聞こえた。

どうやら鍋谷が豪快なシュートを決めたらしい。彼のまわりに仲間が集まる。でも彼自身はなんでもないようにクールに振る舞っている。こんなんで騒いでんじゃねえよ、田舎者め、みたいな顔で。

「あー、なんか早くもエースの風格？　ああいうタイプって女子にモテそうだよね。あ、小瀬くん帰る？　一緒に帰ろ」

中村さんが楽器をケースにしまいながら言う。

あ、うん、いいよ、と答えて、僕は彼のかわりにズボンのポケットの中で小さな、熱いガッツポーズを作った。

彼女のゴール

2023.10.28

THE GOAL

The 31st section of the J. League Division 1
Kyoto Sanga F.C. 0 - 1 Albirex Niigata

秋真っ只中の土曜日、サンガスタジアムで行われる京都戦は、俺にとって今年はじめてのアウェイ遠征である。

やっと行ける。やっと思いきりアルビを応援できる。

シーズンは残りわずか四試合。春からずっと我慢していたのだ、こうなったら親が死んでも行ってやるくらいの意気込みで、俺はその日を心待ちにしていた。

新潟↓↑伊丹の往復航空券と京都市内のホテルは夏のうちから完璧に手配し、この試合のためにわざわざアウェイの水玉ユニフォームまで買った。妻には内緒だが、夕飯に祇園のちょっと高い店の予約までした。

ところが前の週になって、その日の午後にいきなりトレーニングマッチの予定が組み込まれてしまった。トレーニングマッチといってもアルビの話ではない。小学六年生の娘が所属する地域のサッカークラブである。

会場の運動公園までの送り迎えを妻に頼めればいいのだが、あいにく妻は土日フルタイムの仕事で忙しい。悩んだ末、俺はどうしても京都遠征をあきらめられず、娘の送迎を同じ学年の矢田くんのお父さんにお願いすることにした。

矢田さんは快く引き受けてくれた。ただ、娘は忘れ物が多い。水筒やレガースをリュックに入れたか、持っていくユニフォームを間違えていないか、いよいよサンガスタジアムに入場する段階になっても、俺は気になってしかたがない。


娘の美雨がクラブに加入したのは一年半前、五年生の春だった。

アルビサポの俺が彼女を何度かビッグスワンに連れて行ったのがそもそものはじまりだった。あるとき、試合前のパフォーマンスを見ながら「私もやりたい」と美雨がつぶやいたので、俺はてっきり、目の前でダンスを披露しているチアのことだと思った。

「うん、やってみなよ。パパ応援するよ」

そう勧めたら、彼女が言ったのはチアではなく、サッカーのほうだった。

クラブの体験会に参加してみると、そのクラブは男女のメンバーを募集していたものの、美雨の他に女の子はひとりもいなかった。

「大丈夫？　やれる？」

「うん、大丈夫。頑張る」

俺にとって想定外だったのは、それよりも親の負担である。

小学校の先生がすべての面倒を見てくれていた昔の部活動と違って、今の地域クラブは練習場や試合会場への送り迎えから、行事やイベントの運営、用具の運搬、駐車場の誘導係にいたるまで、保護者の参加なしには成立しない。

クラブの活動は基本的に学校の授業のない週末だ。そして妻は土日が仕事である。したがって必然的に、俺の休日のほとんどは娘のサッカーのために費やされることになってしまった。それまで毎試合通っていた週末のビッグスワンは練習時間と丸かぶりで、ナイトゲーム以外、まったく行けなくなってしまった。

本人は大丈夫と言ったものの、本当に美雨が他の男の子たちに交じってうまくやれるかという不安も当然あった。ただ、それに関しては杞憂だった。俺が他の保護者の顔と名前をおぼえるよりも早く、彼女は彼女なりにチームの隅に自分の居場所を見つけたようだった。

選手としての成長は、でも、同じ時期からはじめた子であっても男の子のほうがよく伸びた。美雨の場合もともと運動神経がそれほどよくないらしく、アルビの試合を見て「三戸ちゃんみたいなプレーがしたい」と憧れても、ボールを止める、正確に蹴る、といった基本的なことさえなかなか上達しなかった。思いきりシュートを打っても、ゴールキーパーに向かってボールがころころ転がるだけ。同じ学年のレギュラーの子たちのプレーについていけない悔しさと情けなさで涙を流したことも何度かあった。

「つらかったら、やめてもいいよ」

俺はその度に、そう声をかけた。でも練習帰りや試合帰りの車の中で聞く彼女の返事は、いつも「ううん、やりたい。続けたい」だった。頑固で意地っ張りでそのくせやけに勇敢なところは、俺よりも妻に似ている。

本来ならば優先的にレギュラーになれるはずの六年の春も、夏も、美雨は結局ずっとサブメンバーだった。練習試合の最後の数分、あるいは負け試合の途中から申し訳程度に出してもらえる、それだけだった。

下手なんだからしょうがない――美雨はそれを、自分の現実問題として受け入れていた。他の親たちと世間話をしながら試合を見つめる俺もまた、美雨が出場してミスして負けるくらいなら、ずっとベンチのままでいいい――情けないことに、そんなふうに思うようになっていた。

ついこのあいだ終わったばかりの最後の大会も、美雨は一度もビブスを脱ぐことなく、ベンチで試合終了の笛を聞いた。

最後の大会が終われば、六年生は事実上引退である。この時期のトレーニングマッチに参加する必要はもうない。試合に行かない子もけっこういる。

でも、美雨は行きたいと言った。同じ学年のメンバーが減ることで、これまでよりも試合に出してもらえる可能性が高いのだそうだ。最後くらいはピッチの上で思いきりプレーしたい、と。

「でもパパはその日、京都なんだよ。ママは仕事で無理だし……」

ねえママ、と同意を求めると、

「美雨が行きたいなら、なんとか行かせてあげられない？」

逆に妻から頭を下げられた。

「仕事のせいで何もしてやれなくて、私も悪いと思ってる。ほんと、ごめんね。でも美雨の気持ち、大事にしてあげられない？」

娘のことは、結局、俺よりも妻のほうがよくわかっている。

「わかった。じゃあ矢田くんのお父さんに頼んでみるよ」

《野村さんお疲れさまです。無事、美雨ちゃんと会場に着きました！ 忘れ物もないです！ ご安心ください！》

キックオフの前に矢田くんのお父さんからＬＩＮＥが入った。

《ありがとうございます！ よろしくお願いします！》

これでひとまず安心といえば安心なのだが、売店の列に並んでいてもスタンドでチャントを歌っていても、やけに美雨のことばかりが頭にちらついて、目の前のアルビの試合に集中できない。待ちに待った京都遠征だというのに楽しみきれない。

前半、渡邊泰基のゴールが決まったとき、俺は喜ぶ選手たちを見ながら、結局、美雨は一度もあの祝福の輪に入れなかったな、なんてことを思った。

もうすぐ冬が来て、春になれば小学校は卒業だ。中学に入ったら何をするか、美雨はまだ決めていない。妻は、運動ならテニスやバレー、文化系なら美術か音楽――とにかく女の子らしいことをさせたいと言う。今は、女の子らしいなんて言葉をうっかり口にできない時代だし、俺としては彼女がやる気を出してくれるなら何でもいいのだが、たぶんもう、それがサッカーということはないだろう。

試合中、保護者のＬＩＮＥグループの通知が何度も鳴った。子どもたちの試合がある日は、帯同する親がスコアを速報をすることになっている。

いい加減、もうアルビに集中しよう。せっかく京都まで来たんだ――そう思って何度目かの通知にさっと目を通し、スマホをオフにしかけたときだった。

《第三試合　１対０勝利　得点　ミウちゃん》

えっ。

最初は見間違いだと思った。でもそうではなかった。別の保護者から、すぐに動画が投稿される。コーナーキックの場面、ゴールキーパーがキャッチし損ねたボールを、たまたまそこにいた美雨が足に当てた。

その瞬間、映像が激しくぶれる。「おおーっ！」と保護者たちの歓声。

小さな画面の、豆粒よりも小さな選手たちのハイタッチの輪の中で――表情なんてまったく判別できないけれど――俺の娘が、はにかんでいる。ゴールの経験なんて一度もないから、喜びをどう表現していいかわからずにうろたえている。
本当に、それは美雨のゴールだったのだ。
アルビの試合そっちのけで、俺は自分のスマホにその動画を保存し、何度も何度も繰り返し再生した。こぼれ球をただつま先でちょこんと押しこんだだけの、いわゆるごっつぁんゴール。でも、ゴールはゴールだ。
俺は嬉しくて、そして悔しかった。これまでずっとすぐそばで美雨のプレーを見てきたのに、今日に限ってその場にいられないなんて。
《お父さん不在で逆に美雨ちゃん、のびのびプレーしてますよ 笑》
スタンプ付きのＬＩＮＥが立て続けに入る。
《ミウちゃん、やったー！ みんなで感動してるよ！》
《監督も大喜びっすよ。いつも鬼なのにめっちゃ仏の顔してる》
《コーチ、泣きそうです 笑》
いいねのアイコンがたくさんつく。一緒にプレーする仲間も、監督もコーチも他の親たちも、みんな、美雨のことをずっと気にかけてくれていたのだ。コメントを読みながら、俺はもうとっくに泣いていた。

子どもの生活環境は、成長とともにどんどん変化していく。

中学に上がれば、みんなまた新しい何かを見つけて、新しい仲間と出会い、今よりもさらに美しい思い出を作るだろう。

でも今日のこのゴールの感触を、美雨はきっと、一生忘れない。

ハイタッチをした仲間たちは、もし彼らがいつか美雨のことを忘れてしまったとしても、ずっと、永遠に、美雨の仲間だ。

《みなさん、ありがとうございます》

文字を打つ手が震えてうまく入力できない。俺もきっと、今日のことは一生忘れないだろう。

そのとき、目の前で試合終了のホイッスルが鳴った。

俺は手に持ったスマホを遠く新潟まで続く空にかざし、盛り上がるアルビサポーターの声に合わせて、心の中でうぉーっと雄叫びを上げた。

スワンソング

2023.11.11

SWAN SONG

The 32nd section of the J. League Division 1
Albirex Niigata 0 - 0 F.C.Tokyo

真由のせいで、みち子はときどき妙な歌を口ずさむようになった。

ミ・ト・シュンスケ、とか、スズーキコージ、とか。

それは歌というよりも単純なフレーズの繰り返しで、真由によると、チャントというものらしい。ミシンを動かしているとき、布に針を刺しているとき、ふとした拍子にそれは耳の奥にやってきて、しばらく離れなくなる。

真由と知り合ったのは東京の服飾専門学校だった。同い年で同じ新潟出身。同じブランドの服が好きで、ともにどちらかというとアート志向。すぐに意気投合した。東京では別々に就職したけれど、実家に帰った時期が同じで、以来、「いつか一緒に何かやりたいね」と夢をあたため合ってきた仲だ。

みち子は手先が器用だった。でも考えることは苦手だった。逆に真由はデザインやコーディネートといった頭を使うことが好きで、裁縫が不得意だった。

真由がアイディアを出して下絵を描き、みち子がそれを細かく正確に刺繍する、そんなやり方で刺繍ブローチのブランドを立ち上げたのは七年前、ふたりが三十三歳のときだ。

最初はお互い別の仕事をやりながら、サークル活動のように作品づくりを楽しんでいただけだった。でも写真を撮ってSNSに上げたら評判になり、フォロワーがたくさんつくようになって、ふたりはそれで食べていく覚悟を決めた。

「私たちはさ、きっとふたりでひとりのアーティストなんだよ」

「藤子不二雄みたいだね」

「それ、たとえが古くない?」

お互い独身で実家暮らしの気楽さもあり、ふたりはよくみち子の部屋にこもって作品づくりに熱中した。ブローチに限らず洋服や服飾小物にも手を広げ、みち子の得意な刺繍をいかせるものなら何でも作った。

みち子が苦手なPCの前で四苦八苦しながら開設したネットストアは、すぐに話題になった。全国の雑貨ショップから発注が入り、東京の広告代理店から有名ブランドとのコラボ仕事の依頼まで舞いこんだ。地元のカルチャー教室の講師に呼ばれたことも何度かある。

真由が妙な歌を歌うようになったのは、彼女に年上の恋人ができてからだ。アルビのサポーターをやっているというその男にくっついて、真由は週末になるとよくビッグスワンに通うようになった。その影響か、妙な歌とともに真由のアイディアノートには白い鳥のキャラクターがたびたび登場するようになった。

「なにそれ、新キャラ？ 可愛いアヒルちゃんだね」

「アヒルじゃないよ、白鳥だよ」

「あ、ごめん。てか、本当にアルビが好きになったんだね」

真由は恋人が持っている昔のアルビのユニフォームを借りて、試合の日はそれを着て応援に行くという。

「え、真由もああいうオレンジの着てんの？」

「うん。でも何を合わせるのが正解なのか、いまだに答えが見つからないんだよね。まじで難しいよあれ」

オレンジとブルーのストライプなんて、いったいどうやったら上手に着こなせるだろう。

最近、刺繍作家としてのふたりの活動は、少し落ち着いてきたといえる。

いや、少しではなく、かなり落ち着いてきた。売上はかつての半分以下に落ちこんでいる。はっきり言って、世間に飽きられている。

その最大の原因を、みち子は（口にはしないけれど）真由のデザインのせいだと思っている。恋人ができて妙な歌を歌うようになってからというもの、真由が出す新作のアイディアはひどくワンパターンでつまらないものになった。

このまま新潟で同じ活動を続けていては、いずれ立ちゆかなくなる。みち子はこの一年、ひとりで悩み続けた。そして、アーティストとしてさらに上のレベルで活動するには、もう一度ふたりで東京に出る必要があると結論づけた。

「ねえ、私たち環境を変えよう」

さっそくみち子は真由を呼び出し、相談した。

真由ならきっと同意してくれると思ったし、あわよくばこれを機に彼氏と別れてほしいとも思った。みち子は真由に、男ができて仕事ができなくなる、そんな女ではいてほしくなかった。

でも、彼女の答えは違った。

「みっちゃん、ごめん。続けるの、私もう難しいかも」

「えっ」

「あのね、実は子どもができたの。だから結婚するつもりでいる」

「えええええっ！」

みち子は驚いた。気づくと祝福するより先に必死に彼女を説得していた。

結婚したって、子育てしながらだって、デザインはできるよ。ものを作る女の人はみんなそうやって頑張ってるよ。だから――

「うん、でも、これまでみたいにできる自信がない。なんていうか、情熱がなくなっちゃったんだよね」

今は刺繍のことを考えるより、彼とアルビの試合を見るほうが楽しい。彼女はそう、はっきりと口にした。

「もう四十だし、いろんな意味で幸せになるにはぎりぎりかなって」

その「幸せ」に自分が含まれていないことが、みち子はショックだった。

それからしばらく、みち子は真由と連絡を取らずにいた。

新商品は自分で考えて自分で作った。でもそれはどれも、かつて自分が作った商品の劣化コピーのようなものでしかなかった。針を通しながら、無意識のうちにミ・ト・シュンスケと口ずさんでいる自分がなんだかひどく滑稽だった。

先月、知り合いが、もしよかったら、と就職先を斡旋してくれた。地元の製菓会社の通販事業部で、話を聞くと思ったよりも給料がいい。どうやらネットストアの運営経験が評価されたようだった。

みち子もまた、そろそろ引き際かもしれない、と感じるようになった。真由の言う通り、自分たちは今、いろんな意味でぎりぎりの年齢なのだと。

みち子が真由から急に電話で呼び出されたのは、肌寒い土曜日の午後だった。

「どうしよう。みっちゃん助けて」

真由の声はか細く、震えていた。

恋人ができたと同時に実家を出て同棲をはじめた南笹口のアパートにみち子が駆けつけると、泣き腫らした顔の真由がドアを開けた。

思わずみち子が後ずさりしたのは、彼女のお腹が想像以上に大きく膨らんでいたからというのもあるけれど、それより、彼女が着ているオレンジとブルーのストライプのシャツが、裾から胸のあたりにかけて真っ直ぐに破けていたからだ。

「え、え、どうしたのそれ」

それは明らかに異様だった。

「まさか暴力とかふるわれた？　お腹、大丈夫なの？」

「違うの。これは自分でやっちゃったの」

「え、自分で？　どゆこと？」

真由の説明によると、ビッグスワンに出かける準備をしていたとき、些細なことから恋人と喧嘩になり、言い争いの最中に激高した真由が着ていたユニフォームを自分で引き裂いたのだそうだ。

洋服が好きで、どんな服も大切に扱う普段の真由からは信じられない行動だ。

「大事な服をこんなふうにしちゃだめだよ。どうしたの？」

「大事だからしちゃったんだってば！」

叫ぶようにそう言うなり真由は両手で顔を覆った。よほどの喧嘩だったのだ。

「彼は今どこ？」

「たぶん、そこにいる」

部屋には誰もいない。かわりにテレビでアルビの試合が流れていた。恋人は真由を置いて、ひとりでビッグスワンに行ったのだ。

「どうしよう。私、彼のこと傷つけちゃった。大事なユニフォームをこんなふうにしたら、絶対許してもらえないよ。どうしよう……」

喧嘩の理由を知らなければ、何も声をかけられない。慰めることもできない。でもみち子はあえて訊かないことにした。どんなに仲がよくても、お互い、聞かせたくない話はある。それが男女のことなら、なおさらだ。

「いいから、まずは落ち着こう」

ふたりはゆっくりコーヒーを飲んでアルビの試合を眺めながら、恋人の帰りを待った。

「あれ? 妊婦ってコーヒー飲んで大丈夫なんだっけ?」

「これはノンカフェインだから平気」

「真由、最近どうしてるの? ずっと部屋にいるの?」

「ううん、けっこう出歩いてるよ。買い物も全然普通に行けるし、ビッグスワンも行ってたし。でも身体が重いからすぐ疲れちゃうんだよね」

試合終了の笛が鳴る頃には、真由はすっかり落ち着きを取り戻し、試合が引き分けに終わったことを残念がった。

「あー、点入らなかったか。どう？　サッカー、まあまあ面白いでしょ」

「うーん、まだ面白さはわからないけど、ミ・ト・シュンスケとかスズーキコージとか、チャントがどういうものかやっとわかったよ」

「みっちゃんも今度、一緒にビッグスワンに行こうよ」

「いや、私はいいよ、もともとインドア派だし」

「えー、でも彼氏にもみっちゃんのこと、ちゃんと紹介したいし。赤ちゃんが産まれて連れて行けるようになったらさ、一緒に行こう」

「うーん、まあ、そこまで言うなら」

でもその日、真由の恋人は部屋に帰ってこなかった。真由がいくら電話をしても、ＬＩＮＥを送っても、まったく反応がなかった。

「やっぱ私たち、もうダメかも」

「今はほら、カッとなって、収まりがつかないだけじゃない？」

「だといいんだけど……」

みち子が部屋を出るとき、真由は、今年ホームであと一試合だけあるから、彼と仲直りして一緒に見に行きたい、と切実な声で訴えた。

「でもたぶん、無理だよね……」

「そんなことないって。だって子ども生まれるんでしょ」

「だけど、大事なユニフォームをこんなふうにしちゃったら、サッカーが好きな人なら誰だって怒るよね。一生許せないよね……」

だからみち子は今、自分の部屋のミシンの前に座り、手を動かしている。

幸い、破れたのはストライプの色の境目で、自然な見た目に戻すのはそれほど難しい作業ではなかった。

ミ・ト・シュンスケ――

ミ・ト・シュンスケ――

ミシンの音に、またあのチャントが重なる。それに合わせて小さく唇を動かしながら、ああ、これが最後かも、とみち子は思った。

芸術家が人生の最後に残す作品をスワンソングというらしい。

私の人生はまだ続くけれど、アーティストとしての私たちの活動はきっと、これでもう本当に終わりなんだろう――

ミシンの作業を終えると、みち子はふと思いついて刺繍針に糸を通し、シャツの裾の裏側の、目立たない位置に勝手に小さな刺繍を施した。

いつか真由が描いた、可愛い、あの白鳥を。

彼女は自分の「幸せ」のために、これからもきっと何度もつらい思いをするだろう。そんなとき、サッカー選手が胸のエンブレムを掴んで勇気をもらうみたいに、この白鳥をぎゅっと握ってほしい。私のことを思い出してほしい。

そしてできたら、いつか、また一緒に――

その願いをこめて、みち子は最後の一針を刺し、糸を切った。

PARTIDO A PARTIDO

2023.12.3

PARTIDO A PARTIDO

The 34th section of the J. League Division 1
Albirex Niigata 1 - 0 Cerezo Osaka

父のことを思うとき、なんだかやけに目がちかちかして落ち着かないのは、記憶の中の父がいつも鮮やかなオレンジ色のポロシャツを着ているからだ。

長年勤めたスーパーマーケットを辞めて独立し、父が弁当屋をはじめたのは、僕が小学二年生のときだった。

それまで暮らした借家を買い取って、建物の一部を店舗に改装する大がかりな工事があり、そのあいだ僕たち家族は遠くの親戚の家に居候をした。僕と四つ上の姉は、まだ朝の暗いうちから早起きをしてバスを乗り継いで小学校に通わなくてはならなくなったので、よくおぼえている。

自分の店を持つことは、父の長年の夢だったらしい。

「おい、お前たち、どんな弁当だったら毎日食べたいと思う? 給食でいちばん人気があるのは何だ? カレーか? 揚げパンか?」

子ども相手にリサーチする父の顔は真剣そのものだった。

「ソフトめん!」

「ミルメーク!」

「ばか、そんなの弁当屋が出せるか」

家族会議で店のロゴマークと看板の色を決めるとき、父は業者から提案されたデザインの候補を並べて、まあ、オレンジだろうな、と胸を張った。

「オレンジって色はな、食べもんをウマそうに見せるんだよ。あったかくて、ほかほかで、ぬくもりを感じるだろう」

あったかいもほかほかもぬくもりもみんな同じ意味だ、と姉が冷静に指摘し、おそらく父が指示したのだろうそのデザインのダサさに母がため息をついた。

でも父は、それでいいんだ、と言い張ってきかなかった。

もちろん家族はみんな知っている。父はただ、自分の店をアルビと同じ色にしたかったのだ。「しげちゃんのニコニコ弁当」——父の名は高野茂之という——の店のロゴを背中にでかでかとプリントしたオレンジのポロシャツは、それからずっと、父の人生のユニフォームだった。

その父が腰を悪くして厨房に立てなくなり、配達にも行けなくなったのは四年ほど前だった。そのとき東京で大学生だった僕は就職活動で忙しく、実家のことなんてはっきり言ってどうでもよく、まさかそれが深刻な病気の前兆だとは思いもしなかった。

最初の入院のときはバイトの子を増やしてなんとか店を開けたものの、二度目の長い入院のときはさすがに臨時休業を余儀なくされた。正月以外は年中無休！を売りにしていた父はさぞ悔しかったことだろう。

退院して再開して、でもまた調子が悪くなったら店を休んで、それを何度か繰り返すうち、いよいよ三度目の入院のとき、父は店を閉める決心をした。

「ゆっくり休んで、また元気になったらやればいいじゃない」

「そうだよ。それまで新しいメニューのこと考えていればいいよ」

そう言って、僕らは肩を落とす父を励ました。

あと一年、と父が医者から言われたのは、去年の夏だった。

店を閉め、趣味だった釣りも仲間との飲み会もやめ、人生のいろんな楽しみをあきらめた父が、最後までやめようとしなかったのがサッカー観戦だった。僕が小さいときからずっと、父はアルビのサポーターだった。

スタジアムの硬いシートが腰によくないとか、階段の上り下りがきついとか、感染症のこととか、いろいろリスクはあったけれど、ただひとつ残された人生の楽しみを父から奪う権利は、もう誰にもなかった。

去年、父はひとりでビッグスワンに通い、アルビを応援し、その甲斐あってアルビはJ1に昇格した。J2で優勝までした。

今年の春、父は新しいシーズンの開幕を前に、家のテレビを買い替えた。

「これが、俺の最後の大きな買い物だな」

そう言って、家族に断りもなく75インチの巨大なテレビを家電量販店で勝手に注文してきたのだ。ただでさえ狭い八畳のリビングにどう見ても不釣り合いな最新型のテレビが届いたその日、父は正面のソファに座って腕を組み、録画したアルビの試合を眺めながら、とても満足そうな顔をしていた。なんでもデカければデカいほどいい、そういう考えの人だった。店に並べる弁当も「ヘルシー」がキーワードの時代に、大盛り、メガ盛りが基本だった。

僕は父のことも、弁当屋も、サッカーも、あまり好きではなかった。

店のロゴがプリントされたオレンジのポロシャツを着てアルビの応援に行き、

「これが宣伝になるんだよ。一石二鳥、グッドアイディアだろ」

と得意顔をする父がひどく恥ずかしかった。ポロシャツは店に立つ母やバイトの子の分も含めて家にダンボール一箱分のストックがあり、家族のサイズまで用意されていたけれど、僕がそれに袖を通したことは一度もない。

弁当屋の息子は学校で弁当ネタで馬鹿にされる。まずい、しょっぱい、油っこい、コンビニ弁当のほうがうまい、給食のほうがまし、とにかくいろいろ言われる。父兄参観の教室に父がそのポロシャツ姿でやってきて、しかも揚げ油のにおいを漂わせていたときは本当に怒りで発狂しそうだった。

家業なんて絶対に継ぎたくなかった。だから勉強を頑張った。大学に進学するときに法学部を選んだのは、とにかく食べものと関係のない仕事に就きたかったからだ。

東京では通信系の一般企業に就職した。事業者向けのクラウドシステムを売る仕事だった。法律とはまったく関係のない分野だったけれど、とりあえず弁当屋じゃなければそれでよかった。

でも、結局は一年で会社を辞めて新潟に帰ってきた。僕は組織の中で上手に人間関係を築くのが苦手だった。お世辞が言えない、空気が読めない、なかなか場に馴染めない。コミュ障なんだろうと自分でも自覚している。上司のパワハラも、他の人たちにとってはたいしたことがなくても、僕にとってはきつかった。

今は高校の先輩に紹介してもらった派遣事務の仕事をしながら、初心に戻って行政書士の資格を取るための勉強をしている。僕にとっては、そういう、ひとりで取り組む仕事のほうが合うような気がしている。


記憶にある限り、父はビッグスワンに通うとき、いつもひとりだった。

「あんたたちが小さいときは一回か二回、みんなで行ったこともあるのよ」

「そうそう、店を開ける前だったかな。夏休みのジェフ戦でさ、3対3の打ち合いだったんだよ。たしかオゼアスとかいたなあ」

かつてはそういうこともあったらしいが、おぼえているのは父と母だけだ。

「ほら、あの男前な監督さん誰だっけ。眼鏡の」

「反町さんな」

「そう、反町さん。カッコよかったわあ。でも、お父さんがアルビに行ってる時間は私がお店に立っていなきゃだし、まみちゃんは中学入ってバレーで忙しくなったし、あんたはサッカー毛嫌いしてたし、それからはもう、お父さん勝手にひとりで行って、って感じになったけどね」

両親がそろって家を空けることなんて、誰かの葬式のときくらいだった。

父と母は職場結婚だった。勤めていたスーパーで知り合い、母いわく「お父さんが私に一目惚れをした」らしい。母は若いときに離婚経験があり、それが二度目の結婚だった。父が店を開業するのと同時に母もスーパーのパートを辞め、それからは弁当屋のおかみさんになった。店を閉めた今はホームヘルパーの資格を取って、訪問介護の仕事をしている。

僕が東京の仕事を辞めて新潟に帰ってきてからは、しばらく父と母と僕の三人での生活が続いた。父は闘病、母は仕事、そして僕は働きながら資格試験の勉強。静かな、淡々とした毎日だった。

姉はといえば、新大の大学院を出て地元で就職したあと県外の男と結婚し、僕と入れ違いに実家を離れ、今は埼玉で可愛い双子の母親をやっている。

「で、あんたさ、お父さんとアルビの応援してるって本当？　あんだけサッカー嫌いだったあんたが？」

姉とはときどきスマホのビデオ通話で話す。べつに仲がいいわけではないのだけれど、父と母がしょっちゅう孫の顔を見たがるものだから、狭いリビングにいれば僕も自然とその会話に加わることになる。

「いや、最初はビッグスワンの送り迎えの運転だけだったんだけど、あのへんで二時間待つのがひますぎて。だってあそこ、田んぼしかないんだもん。それで、じゃ、せっかくだから見てみるか、って感じ？」

アルビがJ1に昇格したこの春から、僕は父と一緒にビッグスワンに通うようになった。

「でもよ、こいつが一緒にいると全然勝てねえんだよ。疫病神なんだ」

「そんなこと言うなら送り迎えしてやんないよ。アルビが弱いだけだろ」

「弱くねえよばか」

「姉ちゃんちょっと聞いてよ。父さん、まだあのポロシャツ着てビッグスワン通ってんだよ。隣座っててまじで恥ずかしいよ」

「え、あのポロシャツって、オレンジのしげちゃんのポロシャツのこと？」

「そう、やばいでしょ」

「やばいねそれ。よく一緒に歩けるね」

「だからできるだけ離れて歩いてるよ」

「よかったらお前の分もあるんだぞ」

「誰も頼んでないから。あれ着るなら死んだほうがましだから」

父とのそんな会話のやりとりが、なんだか妙にこそばゆい。なんだかまるでドラマに出てくる、余命いくばくもない父親を支える息子、を自分が演じているみたいで居心地が悪い。

考えてみると、僕は父のことを弁当屋の親父としてしか知らない。

父と一緒にビッグスワンのスタンドに立ったとき、グラウンドを見下ろす父の目の輝きがあまりにも新鮮で、僕ははっとした。

残り時間を突きつけられたのは、父の人生だけじゃない。僕と父の人間同士の付き合いもまた、あとわずかだった。父のことを知るには父が好きなものを一緒に見るのがいちばんだと、そのとき僕は気づいたのだ。

父とのサッカー観戦は、四月の鹿島戦からはじまった。五月は柏戦とガンバ大阪戦、六月は京都戦、七月は神戸戦——父が言うように本当に疫病神なのだろうか、僕がスタンドに足を運んだ試合はまだひとつも勝っていなかった。そのあとの湘南戦も浦和戦も、どちらも引き分けだった。

座席はバックスタンド二層目の自由席の中央後ろ寄りの、あまり混んでいないところを定位置にしている。

「ここがいちばん見やすいんだよ。全体の動きがひと目でわかるだろう」

「でも階段の上り下り、やっぱきつくない?」

「まあ、ちょっとな」

僕らは横に並んで座り、両脇の空いているシートに荷物を置いて、静かに試合を見る。会話は特にない。父のことをもっと知りたいという気持ちはあっても、あらためて質問するほどのことは何も思いつかなかった。

ふたりで一緒に試合を眺めて、終わったら僕が車を運転して家に帰る。ただその繰り返しだ。

僕は夏の終わりに派遣の仕事をいったん辞め、それからは毎日、家か図書館にこもって受験勉強に専念している。

国家試験は年に一度しかない。それがいよいよ十一月の半ばに近づいていた。合格率は毎年一〇パーセント台とかなり低い。受験を控えた全国のライバルは寸暇を惜しんで勉強しているだろう。

それを考えると、正直、僕にはサッカーを見ている余裕なんてなかった。試合で二時間、行き帰りでもう一時間、スタメン発表やウォーミングアップも見たいと父が言うから、それにさらにプラス一時間。受験前にそれだけの時間を失うのはかなり痛手である。

もし合格したら——アルビの試合をぼんやり見下ろしながら、僕はときどきそのことを考える——できれば早めに開業したい。でも開業資金なんてない。お金をかけずに事務所を開くには、ずっとシャッターが下りている家の一階の弁当屋のスペースを使うのがいちばんである。

あそこ、使わせてもらってもいいかな――

その相談を父にしようと何度も口を開きかけて、でも僕は切り出せずにいる。

その相談は、父がもう弁当屋を再開できないことが前提の話だからだ。


九月の横浜FC戦は、2対1とアルビのリードで終盤を迎えていた。

「あー、やっと勝ちゲームが見れそうだよ」

僕がほっとした気持ちでつぶやくと、

「ほんとに、やっとだなあ」

父はそう言って、珍しく力の抜けた穏やかな笑顔を見せた（試合を見ているときの父の表情はいつも厳しいのだ）。

そして急に、呪文のような言葉をぼそっと唱えた。

「パルティード、ア、パルティード」

「え、何つった？」

「パルティード、ア、パルティード。一試合、一試合。そういう意味らしい」

「何語？」

「スペイン語かな。アルベルさんが言ってたよ。アルビで監督やってるときな。一試合、一試合。まずはひとつひとつ、目の前のことを頑張ろうってこったな」

「ふうん」

「お前、時間、無駄にすんなよ」

「は？」

父は厳しい表情に戻り、試合を見ながら続けた。

「お前に勝ちゲームを見せたかったんだ。勝てなきゃサッカーなんて面白くもなんともないからなあ。だから今日まで付き合わせた。でも、もういいからな」

「何だよ、急に」

訊ねても、目を合わせようとしない。

「言いたいことがあるなら言ってよ」

すると父は足もとに視線を落として、ぼそぼそと言った。

「俺はさ、ただの弁当屋だよ。学もない。金もない。新潟から出たこともない。いろいろ後悔はあるけど、それでもまあ、俺の人生はこんなもんだって思ってるよ。納得してる。でも、もっとさ、世の中は広いんだよな。お前には自分のやりたいことを見つけて、いろんなものを見て、頑張ってほしいんだよ。俺みたいになってほしくないんだ。お前だって、俺みたいにはなりたくないだろう」

この人みたいにはなりたくない。確かに、ずっとそう思っていた。

でも、うん、とは頷けなかった。頷いたら父を傷つけてしまう気がした。かといって、父の言葉を否定するのも嘘だった。だから僕は何も答えなかった。

父は続けた。

「男ってのはさ、自分の父親を超えて、やっと大人になるんだよ。俺はこれでも頑張ってじいちゃんを超えたつもりでいるよ。まあ、そう思ってるのは俺だけかもしれないけどな。でもそれでいいんだ。自分で思えればそれでいいんだ。お前も早く俺を超えてみろ。人生は長いようで短いんだ。父親に情けなんてかけてるひまはねえぞ。せっかく俺がこうして、お前のためにハードル下げてやってるんだから」

父は、は、と短く笑い、またさっきと同じ言葉を繰り返した。

「何をするにも、まずは一試合、一試合だよ。一日、一日、大事にしろ」

そのとき、アルビのだめ押しゴールが決まった。

父は手を叩いて喜び、パーのかたちに開いた手のひらを珍しく僕のほうに向けた。ハイタッチしよう、ということらしい。僕はそれに応じるために手を出して――でもそれをやめて――思いきり力をこめて父のその手を叩いた。

ばちん、といい音がした。

「なんだよ、痛ってえな」

そう言いながら手をひらひらさせる父の顔は、でもやけに嬉しそうだ。

もう力では息子に敵わない。もしかしたらそれが父の喜びなのかもしれない。僕にはまだ、その気持ちはよくわからないけれど。大人になるというのがいったいどういうことか、全然わからないけれど。

試合終了のホイッスルを聞いても、父はなかなか席を立たなかった。

「疲れた？ 大丈夫？ ちょっと休んでから行こうか。いやー、でも勝つって気持ちいいね。いいゲームだったよ」

荷物をまとめながらそう声をかけると、父は言った。

「サッカーってのはさ、ゴール決めるやつがいれば決められないやつもいるだろ。今はさ、子どもが運動会でみんな横並びでゴールして、それを親がビデオに撮って喜んでるような時代かもしれないけど、サッカーってのは、活躍しなきゃ誰からも見向きもされない、そういうもんだよな。俺はさ、それはとてもフェアだと思う。勝者と敗者がいるのが、普通の世の中だよ。お前もそう思わないか。勝てよ。なあ、お前も、勝てよ」

それはつまり、もうここには来るな、ということだった。

父が最後にビッグスワンでアルビの試合を見たのは、十月の鳥栖戦だった。僕は送り迎えの運転手の任を解かれ、行き帰りに父はタクシーを呼んだ。

その日、父はひとりでサッカーを眺めながら、いったい何を考えていたのだろう。緑の芝生とオレンジの選手と、ボールの行方を目で追いながら、いったい何を見下ろしていたのだろう。

父にとっての本当のラストゲームは、家のリビングのテレビで見たＦＣ東京戦だった。ホームの試合だったけれど、父はもうビッグスワンに行ける状態ではなかった。

テレビの前にはソファをどかして介護用のベッドが設置され、父はそこに横になっていた。国家試験を翌日に控えていた僕は、勉強の追いこみの合間、気分転換に台所でコーヒーを沸かしたついでに、それを飲みながら最後の十五分だけ、父と一緒に試合を見た。

ふたりでビッグスワンに通いはじめた四月の頃と比べると、父はずいぶんと痩せ細っていた。なのに顔や手足はむくんで、身体を動かすのがつらそうだった。もう長くないことを、その日が近いことを、僕は認めざるをえなかった。

「FC東京はな、アルベルさんが監督やってたんだよ」

「ああ、あのパルティーなんとかの人」

でもシーズンの途中で解任されてしまったそうだ。勝者は残り、敗者は去る。サッカーはそういう世界なのだ。

両チームとも無得点のままアディショナルタイムに入ったとき、父がぽつりと言った。

「なあ、サッカーってのは、天国にもあるんかな」

「どうだろうね」

「きっとこっちにしかないんじゃないか」

「……」

「サッカーが見れないなら、俺、天国なんか行きたくねえな」

「じゃあずっとこっちにいればいいよ」

「そうだな」

「一試合、一試合、これからも見ていこうよ」

「そうだな。一試合、一試合な。大事に見たいな」

「うん」

「お前、合格発表いつだっけ」

「来年の一月」

「そうか、一月か。どうだ、いけそうか」

「まあ、やってみなきゃわかんないよ」

「そうだな。そうか、来年か」

遠くを見つめる父の瞳は、やけにきれいに透き通って見えた。父にとって、それはもう未来の話ですらない。

「お前さ、店んとこ、自由に使っていいからな。好きなようにやれよ。お前の人生なんだから、お前らしく生きろよ」

二〇二三年のアルビレックス新潟の最終戦を、僕は今、テレビで見ている。

家の中は静かだ。それまでいた人間がいなくなったから、というよりも、その不在について誰も語らないから。そういう静けさである。

父の介護用ベッドは葬儀が終わるとすぐに片づけられ、ソファがテレビの前の定位置に戻った。そこに深く腰を沈め、目の前のローテーブルに足を投げ出し、僕はぼんやりとボールの行方を目で追っている。

リビングの南側にあるベランダでは、母が洗濯物を干している。

葬儀のあいだずっと泣いていた姉とは対照的に、その日が来ても、母は意外とさばさばしていた。覚悟はできていたから、と穏やかな笑みさえ浮かべていた。

父がいなくなっても、母の生活は変わらない。前と同じように、平日は仕事に出て、土日は家で家事をしている。

でも今、母が物干し竿にぶら下げているのは、父のあの派手なオレンジのポロシャツである。背中に「しげちゃんのニコニコ弁当」のダサいロゴのついたポロシャツである。洗濯というのは次にまた誰かが着るからこそするものなのに。

ねえ、そんなのもう洗う必要ないよね。

僕はベランダの母に言いたい。言いたいけれど、口を開くことができない。

そういえば、葬儀のときに姉が話していた。店を閉めてから、食べものを売る仕事はもう飽きたと言って母がホームヘルパーの仕事をはじめたのは、ゆくゆくは時間をかけて父の介護をするためだったのだと。

ハーフタイムに、母はベランダからリビングに戻ってきて、案外、慣れるものだわ、とぽつりと言った。

「え?」

「いくらなんでも大き過ぎると思ったけど、毎日見てると慣れるものね」

「ああ、なんだ。テレビのこと」

母は洗濯バケツを抱えたまま、立ち止まってじっとサッカーを見つめている。

僕は思いきって話しかけた。

「あのさ、こないだユニフォームを予約したんだよ」

「ユニフォーム？ 何の話？」

「アルビの来年の新しいユニフォーム。父さんの誕生日にプレゼントしようと思って。まあ、間に合わなかったけどさ。ユニフォームがっていうよりも、父さんが。だっていつまでも店のポロシャツじゃしょうがないだろ」

「そうね、もう宣伝しても意味ないもんね。お店ないんだから」

「来年さ、その新しいユニフォーム着るから、父さんのあのポロシャツじゃなくて今度からそっちを洗濯してよ。あれはもう、いいでしょ」

「着る、ってどういうこと？」

「いや、来年もたまにアルビの試合見に行ってみようかと思って」

「あんたが？」

「うん。父さんはいないけど、ひとりで」

すると母は少し考え、僕を見て言った。

「そう。だったら、お母さんも連れてってくれない？」

「え？」

「私もたまには見てみたいわ。お父さんが見てたもの、私も見たい」

「……うん、いいよ。一緒に行こう」

「ありがと」

「母さん、父さんのあのポロシャツ着てく？」

「いやよあんなの、みっともない。普通の格好で行くわよ」

母は、あははと大きな口で笑い、洗濯バケツを片づけるためにリビングから出て行った。

試合の続きをひとりで見ながら、僕はようやく思い至った。

もしかしたら母も、父と一緒にビッグスワンに行きたかったのかもしれない。父とスタンドでゆっくり話がしたかったのかもしれない。でもきっと、僕に遠慮したのだ。父とふたりきりで過ごすその貴重な時間を、僕に譲ってくれたのだ。僕ははからずも、母からその大切な時間を奪ってしまっていたのだ。

胸の中に苦いものが広がる。そこまで考えが及ばなかったことに、その情けなさに、頭をかきむしりたくなる。僕は、僕のことしか考えていなかった。

ああ、どうして母に声をかけてやれなかったんだろう。母に、父とふたりきりの時間を差し出してあげられなかったんだろう。

そして、気づいた。

大人になるというのは、もしかしたら、こういうことではないか。

ひとつひとつ、大切なことに気づくこと。いろんな経験をして、やっと、ようやく、気づけるようになること。そうやって、自分以外の誰かの心に触れながら、ひとは少しずつ大人になっていく。

「あんた、今日の夕飯、何がいい?」

リビングに戻ってきた母に、何でもいい、と答える。

「何でもいいがいちばん困るのよねぇ」

「じゃあ、お店で出してたみたいなでっかい唐揚げ。メガ盛りのやつ」

「あ、いいね、たまにはそうしよっか」

「ねえ、来年ビッグスワン行くときさ、姉ちゃんも誘ってみる?」

「まみちゃんはどうかな。あの子は行かないわよ。そもそもこっちにいないし」

「そうだけど。帰省したときとか」

「まあ、タイミングが合えばね。でもあの子はやっぱり行かないと思うわ。そういうの好きじゃないし、子どもたちもまだ小さくて手がかかるし」

「そっか。そうだね」

「アルビ、勝ってる？」

「まだゼロゼロ。今、後半三十分」

「勝ったらお父さん、喜ぶね」

うん、と頷いたとき、ふと、今どこかに父がいるような気がした。

退屈な天国からアルビの試合があるときだけこっちに戻ってきているような、
スタンドのどこかで、厳しい顔でピッチを見下ろしているような。

父はやっぱり、鮮やかなオレンジのポロシャツを着ている。

なんだかまぶしい。

いつまでも、それはまぶしい。

第四巻　あとがき

こういう作品を書いてきて、こんなことを言ったらあれかもしれませんが、最近まで「アイシテルニイガタ」のフレーズがずっと苦手でした。

新潟暮らしの登場人物が多いので、たまに「地元大好き人間」と勘違いされることがあるのですが、むしろ僕はどちらかというと地元愛や郷土愛的忠誠心のようなものからはできるだけ距離を置きたい、そういうタイプの人間です。子どものときからそうだったような気もするし、十八歳で東京に出て二十四歳ですぐに新潟に戻ってきた、その境遇ゆえの、ある種の屈折のようなものかもしれません。街に出て「アイシテルニイガタ」のカタカナの並びを見るたびに、なんかしっくりこないな、こういうの自分にはあんまむいてないな、という気持ちになっていたのでした。

でも近頃、「スワンソング」のみち子のように、♪おーれーたちがー、のあのフレーズが、メロディが、日常生活のふとしたときに脳内再生され、それを妙に心地よく感じている自分がいます。

♪つたーえたい、このーおもい、あ、い、してる、にいがた

そこまで歌詞が続いても、全然不快じゃない。それどころか、あ、い、してる、のところで気分よくスタッカートを刻んでいる。

アルビと新潟の人たちを書き続けてきた、この仕事のせいかも（おかげかも）――アルビを応援する人たちの顔を見て、声を聞いて、想像を膨ませているうちに自分の内面の何かがほぐれ、いろんなことが少しずつ変わってきたのかもしれません。同時に、新潟に戻ってきてもうすぐ二十年、ここに根を下ろして生きている、ここが今の自分の居場所である、それをやっと実感できるようにもなりました。だいぶ時間がかかったけれど。

書き下ろしとして今回収録した「春に会いましょう」「ＰＡＲＴＩＤＯ　ＡＰＡＲＴＩＤＯ」の二篇は、二十代前半の若い男を主人公にした物語です。早くに父親を亡くして東京から新潟に帰ってきた、かつての自分を投影するような人物の話を書こうという気持ちになったのは、まさに、そういうことなんだと思います。

この第四巻は、二〇二三年のアルビのシーズンを追いかけながら、そんな自分なりの変化を意識して書きました。連載時から「今年はできるだけ、感じたことをちゃんと感じたそのまま素直に書こう」「そのとき書きたいことを書こう」と心がけて、肩の力を抜いて、あまり気配りをしすぎないように、考えすぎないように。

例えば「オレンジ・メディスン」は、実際に熱を出して寝込んだときに福岡戦の逆転劇を布団の中で見て、試合終了後なぜか急に元気になった、その経験から書きました。伊藤涼太郎のヒーローインタビューの真剣な表情に痺れたのも（「憧れ」）、真夏の国立決戦の東京の夜の、あのうだるような蒸し暑さも（「TOKYO SEVENTEEN」）、息子が小学校の高学年になってサッカーをはじめたことでビッグスワンに行けなくなってしまったことも（でもそれに勝る貴重な経験を得られたことも――「彼女のゴール」）、そんなふうにいくつかの話は、自分が自分の肌で感じたものをそのまま書けたような気がしています。

だから個人的に、けっこう気に入っている第四巻です。ぜひ皆さんにも好みの話のひとつふたつ、あるいは、あ、その気持ちわかる、そうだったそうだった、あのとき同じこと感じてた――そんな箇所を見つけてもらえたら、作者としてとても嬉しいです。

今回も『ラランジャ・アズール』編集長の野本桂子さんには連載時からとてもお世話になりました。いろんな目線で適切なアドバイスをいただけていつも心強いです。エゴサしない主義の僕にときどきSNS上の嬉しい反応を教えてくれるのもありがたい限り（読者の皆さんの声はすごく励みになります）。そして前回に続いて一緒に本をつくってくれたのは、新潟日報社の山田大史さんです。実は彼は中学・高校の同級生で（でも当時は一度も言葉を交わしたことがなくて）、そういう関係もまた、地元らしくていいなと心地よく感じています。おふたりの存在には本当に感謝しています。貴重な思い出を一緒につくっているような感覚もちょっとあったりして。そう、この仕事を通じての出会いもまた、前述の僕なりの「変化」に少なからず影響を与えているに違いありません。

『ラランジャ・アズール』誌上での連載は四年続きました。四年というのはワールドカップが開催される間隔で、サッカーファンにとってはひとつの区切り、ひとつの単位という感覚があります。このシリーズがここで終了となるかこの先も続くかはまだわかりませんが、ひとまずこの四年間で、書きたいことは書けた、という気がしています。一本一本、すべての話にちゃんと思い入れがあります。僕自身もまた、「アルビになんらかのかたちで影響を受けた登場人物のひとり」になったような、そんな気もします（それを主人公にまた一本書けるかも）。

最後に、この物語の題材である「アルビレックス新潟」のクラブ関係者および選手の皆様、そしてアルビを愛するサポーターやファンの皆さんに、この場を借りてあらためて敬意を表し、この第四巻をしめくくりたいと思います。

アルビのあるこの新潟の町で暮らせる、その幸運をかみしめながら。

令和六年二月　藤田雅史

あとがき

アルビレックス新潟
明治安田生命J1リーグ2023
10位　勝点45（11勝12分11敗）

サムシングオレンジ4

初出一覧

勝利の女神	『LARANJA AZUL』Vol.72
春に会いましょう	書き下ろし
オレンジ・メディスン	『LARANJA AZUL』Vol.73
試合を見ない女	『LARANJA AZUL』Vol.74
憧れ	『LARANJA AZUL』Vol.75
レジェンドはいなくても	新潟日報サンクスデー特別号／新潟日報デジタルプラス
私だけベンチ	『LARANJA AZUL』Vol.76
TOKYO SEVENTEEN	『LARANJA AZUL』Vol.77
CANDY	書き下ろし
トライアングル	『LARANJA AZUL』Vol.78
彼女のゴール	『LARANJA AZUL』Vol.79
スワンソング	『LARANJA AZUL』Vol.80（「みち子のスワンソング」改題）
PARTIDO A PARTIDO	書き下ろし

単行本化にあたり加筆修正をいたしました。

藤田雅史　ふじた・まさし

1980 年新潟県生まれ。日本大学藝術学部映画学科卒。
著書に『ちょっと本屋に行ってくる。』『グレーの空と虹の塔 小説 新潟美少女図鑑』『サムシングオレンジ』シリーズなど。『サムシングオレンジ THE ORANGE TOWN STORIES』がサッカー本大賞 2022 優秀作品に選出され、読者賞を受賞。
Web：http://025stories.com
Instagram：@fujita_masashi_days

4
サムシングオレンジ

サムシングオレンジ COMPLETE EDITION 4：再会の2023
2024（令和 6）年 3 月 9 日　初版第 1 刷発行

著者　藤田雅史
編集協力　野本桂子
発行人　小林真一
発行　株式会社新潟日報社 読者局 出版企画部
〒 950-8535 新潟市中央区万代 3 丁目 1 番 1 号
TEL 025(385)7477　FAX 025(385)7446
発売　株式会社新潟日報メディアネット（メディアビジネス部 出版グループ）
〒 950-1125 新潟市西区流通 3 丁目 1 番 1 号
TEL 025(383)8020　FAX 025(383)8028
印刷製本　昭栄印刷株式会社

　ISBN978-4-86132-850-3